COLLECTION DE
ROMANS POPULAIRES

20c

EDMOND COZ

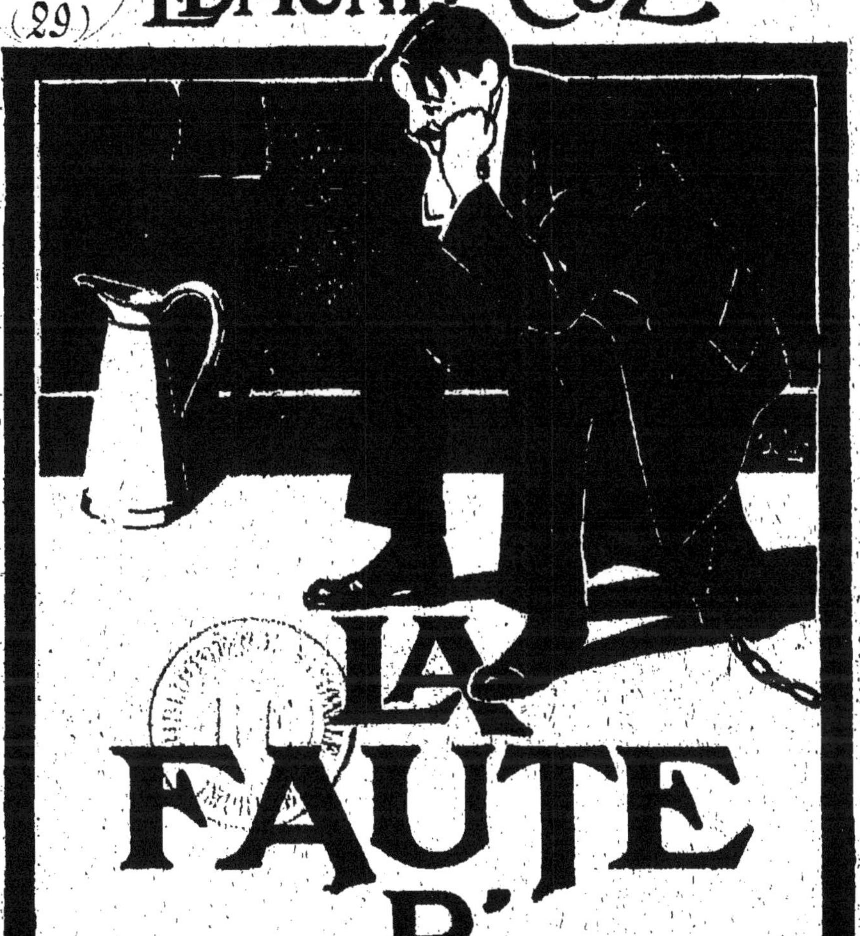

LA FAUTE D'AUTRUI

5. Rue Bayard. PARIS

La Faute d'Autrui

PAR

Edmond COZ

PARIS, 5, rue Bayard, PARIS

La Faute d'autrui

— Il y avait une fois un petit homme qui n'avait qu'un œil, une seule dent, un seul cheveu et une seule jambe, et qui, cependant, courait plus vite que tout le monde...

Le pitre qui hurlait depuis dix minutes cette histoire inepte était arrivé à la note la plus aiguë de son diapason ; il allait, venait sur les tréteaux, essayant de donner à ses auditeurs, par une pantomime extravagante, la représentation exacte du [illegible] ainsi, et en quelque sorte [illegible] [illegible] osseuse, [illegible] fantastique [illegible].

— [illegible] lièvre passa devant la maison du petit homme qui n'avait qu'un seul œil, une seule dent, un seul cheveu, une seule jambe. Les chiens couraient après le lièvre, les chasseurs, sur leurs grands chevaux, couraient après les chiens. Alors on vit le petit homme qui n'avait qu'un seul œil, une seule dent, un seul cheveu, une seule jambe, [illegible]

[illegible]

Ce soir-là, chacun des gestes tombait à faux, l'expression du visage impliquait tout autre chose que les paroles ; le nez busqué, énorme, sur lequel la peau blême était tirée, semblait rejoindre, d'un mouvement nerveux, la grande bouche aux lèvres minces et parcheminées.... Il y avait une angoisse désespérée dans cette voix qui, soudain, s'étranglait dans la gorge.

— Entrez, Messieurs, entrez, Mesdames, au théâtre des Arts, dirigé par l'illustre Grec Akantaros et la célèbre Artémise, son épouse.

Cette phrase, qui revenait comme un leitmotive, ne déterminait guère les habitants de Saint-Melin à franchir les marches et à pénétrer dans la baraque.

La célèbre Artémise réclamait à la porte : 1 franc pour les premières et o fr. 5o pour les secondes ; elle avait eu jadis quelque succès, alors qu'elle s'exhibait sous le titre de « la belle Bourguignonne », mais le temps avait fait son œuvre, et si le nom du pays natal lui restait toujours, le qualificatif n'avait plus sa raison d'être !

On venait écouter le boniment, et la plupart des gens s'en retournaient la main sur la poche.

Akantaros eut, ce soir-là, une idée géniale.

Il interrompit brusquement l'histoire du petit homme.

— Mesdames, Messieurs, cria-t-il, la voix rauque, ne vous apercevez-vous pas que l'organe de ce charmant garçon s'enroue à la brume ? Ceux qui veulent entendre la suite du récit des aventures du petit homme, aussi intéressantes pour ceux qui les ont déjà entendues que pour ceux qui ne les connaissent pas encore, n'ont qu'à entrer à mon théâtre des Arts ! C'est sur la scène, Messieurs, dans le décor d'un jardin fleuri, Mesdames, que Ragel, ce spirituel bossu, ce Cros des foires, aura l'honneur de continuer à tenir votre intérêt en suspens.

Le public resta froid ; quelques-uns murmuraient ; enfin, un léger remous se produisit ; un certain nombre suivit le mouvement de ceux qui se décidaient à entrer, et, bientôt, la salle fut à peu près remplie.

Au second rang se trouvait un homme jeune encore, flottant, avec ses moustaches blondes, la barbiche en pointe, ayant dans toute sa personne l'allure franche, distinguée, et toute la caractéristique des anciens zouaves de Charette.

Ce n'était ni la curiosité ni l'intérêt qui l'amenaient là, mais la pitié.....

Marcel Pieyrat n'avait jamais pu accepter comme un fait nécessaire l'abaissement auquel tant de créatures humaines sont réduites pour gagner une bouchée de pain, et celui qui consiste à être l'amuseur des foules lui paraissait le plus cruel de tous !

Il semble que, dans les foules, les défauts des individualités se multiplient et leurs qualités s'annihilent.....

Lorsque Akantaros avait lancé son dernier appel, Marcel avait tiré sa montre.

— 8 h. 1/2, calcula-t-il. J'ai le temps ; en vingt minutes, je serai habillé. A 10 heures, j'arriverai chez Flaccaud. Je partirai d'ici dès que ce malheureux bossu aura fini sa quête.

La représentation commençait. Le premier sujet, d'autant plus premier sujet qu'il était unique, une fille de seize à dix-sept ans, maigriotte sans gracilité, nerveuse, avec de grands yeux de douleur, dansait, couverte d'oripeaux, soi-disant espagnols, une sorte de cachucha, puis elle reparaissait (après un intermède exécuté par Akantaros, vêtu en palikare, et soulevant des haltères), sous un maillot de soie rouge, tout fané, frangé et pailleté d'or, elle jonglait avec des poignards. Ses lèvres se crispaient, ses pauvres bras maigres semblaient prêts à défaillir.

Sur l'affiche, cette créature de misère était désignée par le nom ambitieux de la « Divette ».

Puis vinrent les exercices de Ragel, qui présentait un petit chien blanc et brun, de race fantaisiste.

Funny grimpait à une échelle, franchissait un bâton allongé devant lui, faisait du pas espagnol..... ce que l'on voit partout.

Ce qui frappa Marcel, ce fut le regard tendre, presque humain, peut-être mieux qu'humain, que le chien fixait sur son maître ; l'œil du bossu brillait de joie après chacun des tours exécutés par Funny ; mais s'il en manquait un, Ragel se tournait avec anxiété du côté de la coulisse.

À un moment, le chien, fatigué, refusa de continuer, le visage du bossu se contracta horriblement..... Il leva son fouet en l'air. L'animal, au lieu de sauter, se coucha, craintif et tremblant ; deux grosses larmes coulèrent le long des joues parcheminées de Bagel, tandis que le fouet s'abaissait et cinglait l'animal.

On sentait qu'une force extérieure et redoutable le contraignait à cet acte de brutalité, et que, s'il eût été libre, il eût rassuré le chien par ses caresses.

Cette douleur de l'homme disgracié, du paria, obligé de frapper le seul être qui l'aimât, lui l'isolé; cette souffrance du pauvre chien, intelligent, capable de comprendre qu'il était battu par le maître auquel il s'attachait, lorsque la fatigue et la faim l'empêchaient de se tenir debout sur ses deux petites pattes affaiblies, tout cela était si cruel qu'une émotion profonde étreignit [illegible]...

Le clou de la soirée était la première exhibition de Sapor, un serpent boa, rapporté des Indes par un amiral anglais, d'une taille monstrueuse (l'illustre Akin[illegible] ne s'expliquait pas s'il s'agissait du serpent ou de l'amiral [illegible] qui[illegible] comparait [illegible]).

Quel saltimbanque n'a pas montré des serpents dans sa baraque ? Animaux engourdis, inoffensifs, qui [illegible] ne s'animent même presque pas [...] le public. Le [illegible] décidément rien d'inédit, et, néanmoins, ce numéro augmenta la troublante compassion que Bagel éprouvait pour le boa.

Après un nouvel intermède, plus ou moins rempli par Akin[illegible], Bagel revint sur la scène ; ses jambes [illegible] peine ; une pâleur verdâtre avait [illegible] de [illegible] tout, une [illegible] [illegible] sur ses traits ; dans [illegible] l'attente [illegible], le terrain se [illegible] d'un hébétement... [illegible] pourtant, dans cette prunelle, une lueur brillait qui décelait [illegible] d'homme libre !

[illegible] ne quittait pas des yeux le malheureux [illegible], il [illegible] [illegible] pénétrant de ceux qui aiment [illegible] [illegible] méprisent les vices et non les hommes [illegible], et

savant qu'il y a dans tout être une latente étincelle qui semble
éteinte et peut encore être rallumée.

Akantaros passa dans la coulisse et revint, portant un volu-
mineux paquet, enveloppé dans un morceau de laine.

— Mesdames et Messieurs, cria-t-il, le courageux dompteur
va s'entourer des anneaux de ce féroce reptile......

D'un même geste brusque, il écarta la couverture et jeta le
serpent sur les épaules ployantes de Ragel ; en l'espace de
quelques secondes, le bossu fut garrotté par cette corde jaunâtre et visqueuse ; une expression d'épouvante indicible passa
sur son visage.

L'homme et le reptile formaient un hideux ensemble ; le
serpent, par ses ondulations lentes, serrait de plus près, de plus
près encore, entourant le torse grêle, pétrissant les jambes
osseuses, s'allongeant autour de la bosse, et, rampant enfin
dans le creux de la poitrine, vint dresser sa tête pointue contre
la tête de Ragel qui se renversa en arrière.

Marcel tenait les yeux braqués sur ce spectacle, prêt à inter-
venir si le pauvre être défaillait......

Enfin, le supplice s'acheva...... Lentement, les anneaux se
détachèrent, la poitrine, délivrée de l'étreinte, se souleva de
nouveau sous les lambeaux froissés de l'étoffe rouge et jaune.

La première partie de la représentation était terminée...... Le
pitre fit sa quête habituelle ; ses membres tremblaient encore,
ses dents claquaient, il présentait sa tirelire en demandant
d'une voix faible qu'on la fît passer des uns aux autres.

Devant ses yeux, les taches jaunes et vertes de la peau visqueuse flottaient en une hallucinante vision, et la même
pensée roulant dans son cerveau s'y enlaçait comme les anneaux
du serpent !

— Demain, il faudra recommencer...... et toujours, toujours.

Lorsque Ragel passa devant Marcel Pieyrat, celui-ci glissa
une pièce de 5 francs dans la pauvre main osseuse.

— Pour vous, murmura-t-il.

Le bossu leva vers le jeune homme des yeux dans lesquels la
reconnaissance perçait sous l'effarement causé par une telle
aubaine.

Un instant plus tard, Marcel sortit de la baraque ; l'air malsain et surchauffé, cette tiédeur humaine mélangée aux odeurs fades du grossier matériel alourdissaient sa respiration.

. . . .

Il marcha pendant quelque temps à l'air libre, de long en large, sur l'esplanade.

La nuit était claire, une de ces belles nuits de septembre où se mêlent aux parfums des dernières fleurs d'été ceux des premières feuilles d'automne. La brise, venant de la lande, soufflait doucement, tout imprégnée de l'âcreté des bruyères roses, des hautes fougères et des genièvres grisâtres.

En face de Marcel s'étendait la colline sombre sur laquelle la petite église de Joblac se détachait toute blanche ; à sa gauche, la Vienne creusait sa route profonde entre la déclivité des prairies, tandis que, sur la droite, la rivière se rétrécissait tout à coup pour s'enfoncer entre deux pans de rochers dans les anfractuosités desquels les arbres poussaient, vigoureux.

Les impressions pénibles que Marcel avait ressenties sur le champ de foire s'atténuaient ; d'autres pensées occupaient son esprit.

Il gagna, tout au bout de la promenade, sa vieille maison de famille.

Du côté du jardin, les glycines et les jasmins de Virginie s'accrochaient gaiement, encadrant les fenêtres ; s'étalant sur le mur, de chaque côté de la porte d'entrée, grimaçaient deux mascarons dont la bouche large s'épanouissait d'un sourire étrange.

Ils étaient si familiers au maître du logis qu'ils semblaient toujours lui souhaiter la bienvenue !

. . . .

A 10 heures, Marcel sortait de chez lui, l'habit de soirée dissimulé sous le pardessus, et suivait les rues étroites et tortueuses de la petite ville qui, flanquant le coteau, dresse audessus de la verdure ses vieilles constructions patinées par le temps.

II

Chaque minute, chaque pas rapprochait Marcel Peyrat du but de sa vie.

Jusqu'ici, par un acte prolongé et constant d'héroïsme, il avait tenu le bonheur rêvé à l'écart ; à présent, sa tâche était achevée et il allait réaliser son rêve.....

Ambroise Peyrat, le père de Marcel, avait gaspillé presque toute sa fortune, jetée à tort et à travers dans des entreprises hasardeuses, et il était mort, miné par le chagrin, perdant peu à peu les forces qui lui eussent permis de recommencer la lutte pour la vie.

Marcel avait alors vingt ans et sa sœur, Agnès, en avait quatre.

Il envisagea bravement la situation qui lui était faite, et résolut de reconstituer le patrimoine, à demi dévoré par les hypothèques et grevé de dettes.

Tout d'abord, il confia sa sœur aux soins maternels des Dames de Nevers, à Limoges. La toute petite orpheline devint bientôt l'enfant de prédilection du couvent.

Marcel avait commencé à faire son droit à Paris avant la mort de son père, il l'acheva, en réduisant ses dépenses au strict nécessaire, et en donnant des répétitions à quelques élèves de première année, riches et peu assidus aux cours. Il parvint ainsi à conduire ses études jusqu'au doctorat, sans faire aucune dépense.

A ce moment, la guerre de 1870 éclata. Sa vive piété et son patriotisme le menèrent à s'engager aux zouaves pontificaux. Il fit toute la campagne, à peine touché par la maladie, et n'ayant reçu qu'une blessure légère.

Lorsque vint la dislocation, il eût voulu passer dans un régiment d'infanterie. La carrière militaire attirait son caractère loyal, offrait un aliment à la générosité impulsive qui lui faisait aimer à parler aux enfants du peuple, mais il savait que son devoir était ailleurs..... Ce devoir fut parfois pénible. Tout en conservant à Limoges son cabinet d'avocat dont les honoraires lui permettaient de vivre, de payer la pension d'Agnès et de régler par acompte les dettes les plus pressées, il visitait chaque semaine les métairies, cherchant à concilier les progrès de l'agriculture avec l'expérience de ses vieux colons limousins.....

Aujourd'hui, ses terres étaient libérées et rapportaient presque le double de ce qu'elles rendaient autrefois.

Agnès, mariée depuis quelques jours à un ami d'enfance, le Dʳ Albert Max, jeune médecin militaire en garnison à Limoges, avait reçu une dot de deux cent mille francs....

Marcel pouvait songer à lui, à présent, et il y songeait beaucoup en se rendant à la soirée que le banquier Flaccaud et sa femme offraient, en l'honneur du nouveau ménage, à la société un peu mélangée, et surtout passablement surannée, de la petite ville, société qui, d'ailleurs, ne manquait pas de prétentions.

Les réceptions des Flacaud, fort recherchées dans le pays et qualifiées de « très parisiennes » par les femmes, jeunes ou vieilles, abonnées aux journaux de modes, préoccupaient peu Marcel, qui, d'ailleurs, n'ignorait pas l'antipathie que sa personne et ses opinions inspiraient au financier, lequel déjà battait en brèche sa candidature aux prochaines élections, antipathie qu'il ressentait tout en luttant contre elle, et que, malgré tous ses efforts, on lui attribuait avec l'exagération têtue, coutumière des désœuvrés qui se heurtent sans cesse les uns aux autres, sur une étroite esplanade de province.

Marcel devait retrouver chez les Flacaud leur cousine, Claude Turion, dont les grands yeux intelligents répétaient le secret aveu de son immense et pure affection. Depuis treize ans, ils s'étaient compris, sans jamais rien se confier.

Claude avait refusé tous les projets d'union qui lui avaient été présentés. Elle venait d'avoir trente ans. Les années lui avaient donné un charme plus serein, plus profond, élargissant, sans les atténuer, en adoucissant peut-être, accentué jadis des contours ; son visage avait une expression calme de personnalité et de distinction plus marquées.

Chaque fois que Marcel Pleyrat avait appris (on savait tout à Saint-Mellin) qu'une demande en mariage avait été adressée

M. Ferron, le grand-père de Claude, son cœur avait battu avec violence, puis, toujours, la Providence l'avait mené sur la route que parcourait Claude, et, toujours aussi, le discret et doux sourire de la jeune fille l'avait rassuré, signifiant :

— Je sais que vous m'aimez, et je vous attends.

Ainsi, sans avoir recours à la parole, un lien délicat et mystérieux unissait leurs deux cœurs.

Combien de fois, pourtant, Marcel n'avait-il pas souffert de ce silence ; mais il mettait une sublime persistance à achever seul, sans aucun secours, la tâche vaillamment entreprise.

La fortune de Claude, même sans qu'il y touchât, eût relevé le crédit dont il avait besoin..... C'est la grande fierté des froissés, de ceux qui luttent pour réparer les défaillances des leurs, que de prendre pour seul point d'appui l'intelligence, la force, l'activité que le ciel leur a données.

En entrant dans le salon de Mme Flaccaud, le premier regard que rencontra Marcel fut celui de Claude. Elle était entièrement vêtue de blanc, comme une fiancée, et ne portait aucun bijou ; quelques branches de jasmin, de la seconde floraison, plus odorante et plus menue, formaient une légère couronne posée élégamment sur ses cheveux blonds.

Cette toilette, drapée avec grâce et toute simple, relevait son charme par tout cet ensemble qui n'était pas précisément la beauté, mais quelque chose de meilleur et de plus durable.

Oublieux de tout, Marcel se dirigeait vers Claude, lorsqu'une main se posa sur son bras, presque agressive, et la voix contenue du maître de la maison résonna, désagréable, à son oreille :

— Vous vous trompez, mon cher ami, celle que vous allez saluer tout d'abord n'est pas Mme Flaccaud, mais celle qui aurait dû l'être.....

Les lèvres comprimées saignèrent sous les dents incisives, et la physionomie à la fois massive et fouinarde du banquier prit une expression de haine qui n'échappa point à plusieurs personnes.

Pinyrat rougit légèrement, confus de l'infraction qu'il venait de commettre dans la naïveté impulsive de ses sentiments, troublé aussi par cette révélation imprévue qui produisait sur lui l'effet d'une attaque brutale, du déchirement du voile sacré sous lequel il cachait ses plus tendres affections.

Il se laissa machinalement mener vers Mme Flaccaud et s'inclina avec une froideur voulue, sachant bien qu'elle chercherait à le retenir près d'elle pour retarder le plus possible le moment où il rejoindrait Claude.

Mme Flaccaud était une petite femme aux cheveux bruns ébouriffés, scintillants de diamants, aux joues sèches et creuses ornées d'une mouche, inexplicable fantaisie qui, croyait-elle, lui donnait un cachet de piquante originalité ; en quoi elle se trompait singulièrement.

Elle portait une robe de velours grenat si lourde qu'elle glissait de ses maigres épaules et semblait l'écraser ; une aigrette rouge vif, surmontant sa coiffure, s'agitait comme pour accentuer chacune des phrases qu'elle prononçait.

Marcel ne s'était pas trompé : il dut subir un long monologue, car il répondait à peine. Mme Flaccaud passait en revue ses invités, les qualifiant avec une amabilité forcée qui lui permettait de lancer ensuite un coup de sa griffe acérée et de s'imaginer que sa méchanceté portait, sans qu'on pût lui attribuer une mauvaise intention. Elle en vint à parler de Claude.

— Cette toilette très simple lui va fort bien, déclara-t-elle, je lui en ai fait compliment dès qu'elle a été arrivée, en lui disant qu'elle avait bien raison, malgré son âge, de ne pas arborer des robes de jeune femme.

Les oscillations de l'aigrette redoublaient pour compléter la pensée de Mme Flaccaud ; elle entretenait contre sa cousine un sentiment de jalousie, sachant fort bien que le banquier ne l'avait épousée, elle, que par dépit des refus réitérés de Claude et..... par intérêt ; car elle lui avait apporté une belle fortune.

Après avoir écouté sans sourciller ce déplaisant bavardage, Marcel avait profité de l'arrivée d'un invité retardataire pour s'éloigner et s'approcher de Claude.

— Agnès est charmante ! dit Mlle Terron, en lui tendant la main ; Albert paraît si heureux ! Vous devez être satisfait de votre jeune ménage..... et de vous-même !

— De moi !..... Pas encore !..... prononça lentement Marcel; je me tiens pour enchanté en ce qui concerne ma sœur et mon beau-frère..... mais je suis trop égoïste pour que cela me suffise !

— Vous, égoïste ? Avouez franchement que vous ne le pensez pas ?

— Si, répliqua Marcel en baissant la voix. N'est-on pas égoïste quand le bonheur des autres ne vous suffit pas ?

Claude comprit ; elle n'insista pas et garda le silence, sans trouble, sans fausse modestie, avec émotion, car elle sentait que le moment, le grand moment, était enfin venu. Elle l'avait toujours supposé !..... Marcel ne demanderait sa main qu'après le mariage de sa sœur.....

— Vous êtes en droit de penser à vous, maintenant ! dit-elle avec la même attitude simple et ferme, mais la voix un peu étranglée.

— Je n'ai jamais cessé d'y penser ! répondit Pieyrat d'un ton grave..... Je suis très personnel, quoique, ajouta-t-il en souriant, vous sembliez ne pas croire à ma parole.....

— Mais, reprit Claude, je ne doute de votre parole que lorsque vous vous traitez trop mal !

Ils furent interrompus par Albert Max qui venait réclamer un lancier promis et emmena Claude.

Marcel les suivait des yeux.

— Bientôt, songeait-il, tous deux seront frère et sœur! Quelle famille unie, affectionnée, j'aurai groupée autour de moi !..... Le moment du bonheur! J'y touche enfin..... Après les longues années de travail pendant lesquelles je n'en avais pas eu le temps, voici maintenant pour moi l'heure de vivre !

Tout à coup, il vit Agnès debout devant lui.

— Tu ne danses pas ? interrogea-t-il, paternel.

— Non, répondit-elle avec un petit mouvement de tête qui amusa son frère..... J'avais décidé, d'avance, qu'après mon mariage, je valserais seulement! Je venais te demander quelque chose..... Veux-tu que nous allions demain goûter au Mas Rignac ? Ce serait si gentil ! pour mon dernier jour de vacances et de vie à la campagne.

— De vacances ! Tu ne rentres pas au couvent, je présume !

Agnès rit franchement.

— C'est vrai ! dit-elle, mais que veux-tu ! la force de l'habitude ! Nous demanderons à quelques personnes de nous rejoindre. La métayère nous fera des clafoutis avec des cerises d'arrière-saison ! J'arriverai de bonne heure pour tourner la pâte !

Elle était si animée en disant cela, que Marcel ne put s'empêcher de sourire.

— Tu seras toujours chez toi au Mas Rignac, dit-il, et libre d'y faire faire autant de clafoutis que tu voudras ! Invite qui bon vous semblera, à ton mari et à toi ! Je n'aurais jamais songé à vous proposer ce genre de distraction ! Je pensais que vous auriez préféré errer poétiquement sous les grands châtaigniers, en tête-à-tête !

— Ne raille pas, je t'en prie ; d'ailleurs, sache que la première invitée sera Claude. Y trouves-tu à redire ?

Elle s'éloigna avec un petit sautillement d'oiseau malicieux.

— Plus nous serons nombreux, plus il me sera facile de causer avec Claude ! songea Marcel..... J'ai si souvent apporté son souvenir sous les grands arbres du Mas Rignac. J'étais patient, alors, je savais attendre...... Aujourd'hui, il me faut la réalité de cette chère tendresse, je ne saurais plus vivre d'idéal. Enfin ! demain !

Flaccaud, qui le considérait depuis quelques instants, vint s'asseoir auprès de lui.

— Je parie que vous dédaignez la danse ! demanda-t-il.

— Moi ? Nullement ; répliqua Marcel, dissimulant de son mieux l'ennui que lui faisait éprouver cette interpellation. Je n'ai pas dansé quand j'étais plus jeune. Il est inutile de commencer à mon âge !....

Le banquier le considérait avec une expression bizarre. Il garda le silence pendant quelques instants, et enfin l'impérieux désir de se confier à quelqu'un l'emporta sur l'antipathie jalouse qu'il éprouvait pour Marcel.

— Il y a tant de choses que l'on commence tard ! affirma-t-il.

L'intonation de Flaccaud était si singulière que Pierret

devina que ses paroles devaient avoir un sens mystérieux......
Lui étaient-elles adressées, ou bien, celui qui les avait pro-
noncées pensait-il tout haut ! Le regard du banquier était fixé
vers une fenêtre donnant sur la vallée profonde.

Tout à coup, se tournant subitement vers son hôte, il dit :

— Croyez-vous qu'un homme que l'on n'a vu commettre
aucune malhonnêteté pendant toute sa vie puisse devenir un
fripon par le fait d'un seul acte ? D'un acte non prémédité de
longue date, mais auquel des circonstances fatales l'ont acculé
brusquement ?

Ce langage étonna Marcel, car le banquier était peu porté
aux aphorismes ; sa conversation se ressentait surtout de ses
préoccupations financières et le contentement de soi qu'accentuait lourdement sa situation d'homme riche, exerçant une
prépondérance dans un petit pays.

Marcel répondit :

— Je ne crois pas à la fatalité, mais à la vaillance d'âme
qui aide à s'évader des circonstances lorsqu'elles vous enserrent !

Malgré lui, un étonnement passait dans son regard.

— Pourquoi me dévisagez-vous comme cela ? demanda son
interlocuteur. Vous vous dites : je suis un honnête homme et
je le serai toujours. Il y a, en effet, des gens honnêtes à perpé-
tuité ou des forçats de l'honnêteté ! Si j'avais épousé la femme
que je recherchais, j'aurais été... je serais devenu différent de
ce que je suis. Cette femme n'a pas voulu de moi...... sans
doute...

Et ses yeux brillèrent en se fixant sur Marcel :

— Elle en attendait..... un autre.....

Pieyrat avait compris.

— Nulle considération ne peut obliger une femme à épouser
un homme qu'elle n'aime pas, répliqua-t-il ; c'est à l'homme
d'être assez fort pour ne pas faillir au devoir, car il est toujours responsable envers sa conscience.....

Flaccaud l'interrompit d'un ton brutal :

— Vous avez dit ! Je n'ai vous été trouvé du Pape, moi !
Je n'ai pas de convictions ! Je tâche de gagner de l'argent.....
Je suis une machine à billets de banque ; vous, vous êtes un

intellectuel et un dévot ! Et, plus tard, quand vous serez le mari, si jamais vous l'êtes, de la femme qui m'eût sauvé, souvenez-vous de la cause première de ma chute et ne vous réunissez pas tous les deux pour m'écraser de votre vertu et de votre mépris. Je voulais vous dire cela, ce soir.

Et, sans ajouter un mot, Flaccaud tourna le dos et s'éloigna, laissant Marcel stupéfié de cette étrange sortie et de ces singulières confidences.

III

Les bruits de la fête foraine s'étaient tus, les lumières éteintes. Sous les toiles, dans les roulottes, à l'abri des baraquements, reposaient ces êtres que la misère ou une bizarre vocation mènent à devenir amuseurs publics, et dont la première science consiste à voiler leurs larmes sous le rire.

Divette et Ragel ne pouvaient dormir ; les malheureux, dans les ténèbres, s'angoissaient encore davantage.

Jetée à la dérive par la perte de ses parents, Divette avait été recueillie par Akantaros et son épouse Artémise, tandis qu'elle errait sur le talus des fortifications, essuyant ses yeux avec ses manches écourtées, en quête d'un gîte et d'un morceau de pain.

Le gîte et la nourriture lui avaient été offerts par les deux banquistes, lesquels avaient fait d'elle une servante et une acrobate. Nulle de ces deux fonctions n'était une sinécure...

Artémise, qui était paresseuse comme un loir, entendait que le ménage fût bien tenu, et quel ménage à tenir ! Akantaros dressait ses élèves le fouet en main.....

Celui-ci avait également récolté aux abords extérieurs du parc Montsouris un petit bonhomme de quinze à seize ans, qui, faute de vouloir décliner son nom véritable, était désigné sous le sobriquet de Moineau, et enfin Ragel, laissé sur le pavé à la suite de la faillite d'un cirque de quatrième ordre dans lequel il exerçait les fonctions de palefrenier de dernière classe.

Divette avait trouvé moyen d'amasser quelques sous et s'était procuré à Limoges, un jour de marché, un peignoir de pilou... La possession de ce peignoir avait été le premier luxe qu'elle eût jamais connu ! Elle s'en enveloppait chaque soir, après avoir ôté ses oripeaux fanés. Ce soir-là, en vain le chercha-t-elle ! Sa première pensée fut que la Bourguignonne s'en était emparée, puis elle réfléchit que jamais la femme colosse n'eût même pu y faire pénétrer la moitié de sa personne !.....

Interrogé avec insistance, Ragel, qui se tenait coi, blotti auprès de Funny, se décida à conter qu'il avait vu Akantaros couvrir Sapor avec le peignoir.

Divette entra en fureur, mais se garda bien d'aller réclamer sa propriété au redoutable dormeur. Elle se calma peu à peu, dans la crainte d'éveiller les « patrons » et s'assit auprès de l'entrée de la bâche. Elle ratiocinait à propos de certaines paroles échappées à Akantaros dans lesquelles avait percé l'intention de lui faire jouer, alternativement avec Ragel, le rôle de dompteur de serpents.

Elle avait accepté tant de choses ! elle avait supporté une sorte de désarticulation, l'étude prolongée de ses tours d'agilité et de souplesse, sous la constante menace du fouet..... Mais cela, non !

Elle tourna la tête de côté et d'autre, un rayon de lune, glissant entre deux largeurs de toile écartées, lui permit d'apercevoir Ragel.

Divette aurait voulu entamer une conversation avec le bossu, mais celui-ci lui fit signe de se taire. En tenant Funny dans ses bras, il était en faute, Akantaros exigeant que le chien fût attaché durant la nuit près de son singe Haps, qui grelottait toujours et se réchauffait en se serrant contre l'épaisse fourrure du pauvre petit chien dont il mordait cruellement les oreilles durant ses insomnies ; la terreur du fouet d'Akantaros, levé sur lui au moindre gémissement, l'empêchait de se plaindre.

Ragel serrait contre son cœur la bonne tête chaude, soyeuse, qui s'élargissait sur sa poitrine. Combien douces et reposantes ces caresses tièdes après l'impression horrible que lui avait causée le glissement visqueux de la tête pointue du reptile dont l'horrible contact le glaçait à travers le costume de percale bariolé qui couvrait ses haillons !

Une menace déjà lointaine d'Akantaros lui revenait à la mémoire. Le banquiste avait signifié que si Funny, auquel il refusait la nourriture suffisante, manquait ses tours, dont le plus difficile, à cause de sa faiblesse, était de marcher à reculons, il le jetterait en pâture à Sapor.

Le cœur du malheureux pitre s'étreignait de plus en plus ; ainsi, ce n'était point assez des tourments physiques infligés par ce maître impitoyable ! Chez ce paria, l'humanité n'avait plus qu'un droit : l'imprescriptible droit à la douleur !

Qui sait si Akantaros, furieux de la défaillance du pauvre animal, pendant la représentation, n'allait pas exécuter sa menace aujourd'hui même.

Et alors ... le supplice de chaque soir deviendrait plus hideux en se sentant enveloppé par le long corps du serpent, devenu le bourreau de son unique ami, du seul être qui eût jamais adouci ses tourments.

Funny, tout en dormant, laissait par intervalle échapper un petit gémissement.

— Il a faim, pensait Ragel.

Que de fois le pauvre pitre partageait son pain avec Funny ! Lorsque Akantaros le surprenait, il chassait le chien d'un coup de pied brutal, l'animal s'enfuyait en hurlant.

— Mange ! toi ! disait le banquiste en se tournant vers le bossu. Toi, au moins, tu fais rire, et tu te portes bien. Cette bête est malade et sera bientôt inutile.

Rire! faire rire ! quelle ironie! Elles étaient rares, les aubaines du pitre. Non seulement Akantaros ne le payait pas, mais il prélevait la part du lion sur la modique quête des représentations. Aujourd'hui, Ragel était riche, grâce aux spectateurs géné[illegible]. Le patron ignorait l'existence des [illegible] avec tant d'argent, Funny pourrait manger de la viande crue et reprendrait des forces ; mais lui en [illegible] la moindre défaillance des [illegible] tournées serait sa condamnation à mort.

Tout à coup, Divette se leva et, quittant son coin [illegible], loin près de Ragel, après avoir [illegible] un regard peureux et scrutateur à la toi[illegible]

Elle commença par caresser Funny, pensant que c'était le plus sûr moyen d'arriver à obtenir de Ragel ce qu'elle voulait de lui !

— Ecoute..... — Divette parlait tout bas, — tu as peur de ce serpent maudit ? Il finira par nous étouffer tous les deux, sans compter Funny qui sera mangé ! Tu es un homme, toi ! Il suffit d'avoir du courage pendant une heure pour ne plus trembler tous les jours. Je voudrais me sauver ! tu le voudrais bien aussi, n'est-ce pas ? Mais tu es comme moi, tu crains d'être rattrapé et ce qui s'ensuivra ! Artémise est aussi méchante qu'Akantaros. A qui nous adresser ? Qui nous protégera ?

— Qui nous protégera ? répétait Ragel tout bas.

Et une vision passa devant ses yeux..... Celle de l'homme qui lui avait donné une pièce de cinq francs. Celui-là était bon, très bon, il devait avoir de l'influence dans le pays. Mais où le retrouver ? Le pitre ignorait même son nom.

Divette reprit :

— Ils dorment tous les deux, ainsi que Moineau, leur âme damnée ! Prends Sapor et jette-le dans la Vienne....., ce sera toujours cela de moins !

Elle avait mis tant de force à prononcer ces paroles que sa voix s'éleva assez haut.

Terrifié, le pitre lui saisit le bras :

— Tais-toi, malheureuse !

Ces mots passèrent entre ses lèvres comme un souffle.

Tous deux demeurèrent silencieux, écoutant avec angoisse la respiration lourde et le ronflement des dormeurs.

— Ils n'ont rien entendu, murmura enfin Divette. Ne perds pas de temps, Ragel, ou je deviendrai folle ! Va, je prendrai soin de Funny. Akantaros ne se doutera de rien, il croira que le serpent s'est échappé !

— Comment faire ? balbutia Ragel.

— Il faut envelopper la bête et la bien serrer.

Le pitre marcha en trébuchant vers la boîte où dormait Sapor. Divette le suivait à pas de loup.

— Il tendrait une grande ouverture, dit-elle, très grande.

— Elles sont trop étroites, les nôtres !

— Tiens, voilà, j'ai ton affaire ! Moineau a rapporté celle-ci hier ; il prétend l'avoir achetée, je crois plutôt qu'il l'a volée, car il me semble l'avoir aperçue, jetée sur une corde, dans un jardin, près de l'esplanade.

Très prompte, elle étendit la couverture par terre.

— S'il l'a volée et qu'il veuille la rendre ? interrogea le bossu.

Divette eut peur que Ragel ne reculât.

— Non, non, dit-elle, tu sais, j'exagère toujours. Moineau est mieux traité que nous ; il est riche, il l'a peut-être payée. Dépêche-toi.

Sapor digérait..... et dormait.....

Les muscles contractés, les nerfs tendus, Ragel avait lévé le couvercle et saisi dans ses bras le paquet enveloppé dans le peignoir de Divette que celle-ci ne songea point à reprendre.

Tous deux frissonnèrent en croyant voir remuer l'informe objet. D'un mouvement rapide, ils jetèrent par-dessus la couverture de Moineau, puis, passant la corde tout autour, ils la fixèrent solidement aux deux extrémités. Ragel souleva le fardeau et le traîna par l'ouverture de la bâche, tandis que Divette, dans la crainte qu'un jappement malencontreux ne les trahît, prenait Funny dans ses bras et le couvrait de caresses.

IV

Marcel Pieyrat était rentré chez lui de bonne heure.

Il ne pouvait dormir..... Le jour dont bientôt allait se lever l'aube serait un des grands jours de sa vie, et le plus heureux de tous.

Soudain, pendant quelques instants, il sommeilla, alourdi, avec la tête douloureuse. Une sorte de cauchemar le hantait. Il lui semblait voir Claude emportée dans le tourbillon d'une valse, fuyant toujours devant lui, sans qu'il pût arriver à la joindre. Il l'appelait, elle ne s'arrêtait pas ; tout à coup, il sentit un malaise étrange se répandre dans tous ses membres, c'était le serpent qui s'enroulait autour de son corps.....

Il se redressa en sursaut ; pour mettre fin au rêve cruel, il se leva. Un roulement de voiture se fit entendre. Agnès et son mari rentraient.

Déjà, les premières lueurs blanchissaient l'horizon. Marcel ne voulut pas se recoucher : s'il pouvait s'occuper, il abrégerait les heures qui le séparaient du moment où il retrouverait Claude au Mas Rignac.

Il ouvrit ses journaux de droit et les rejeta de côté ; l'étude familière était soudain devenue pour lui lettre close. Il atteignit un traité d'agriculture ; il voulait, depuis plusieurs jours, relire certains passages qui l'intéressaient en ce moment, car il songeait à modifier la culture de ses terres. Il ne parvint pas à y appliquer son esprit.

Il attira vers lui un volume de poésie, et, en le feuilletant, il tomba sur ces vers bien connus, mais qui prenaient pour lui un sens tout nouveau :

> Le coup de hache aussi brise ton jeune essor,
> Ta vie, et tes pensées
> Autour d'un souvenir, chaste et dernier trésor,
> Se traînent dispersées.

— Les tronçons du serpent ! murmura-t-il.

Et, frémissant, il prononça :

— Cette impression me poursuit.

Il replaça le livre, haussa légèrement les épaules :

— Il me faut une occupation dans laquelle les idées n'aient rien à voir !..... Une forme de l'abrutissement !

Et, allant chercher ses lignes, il descendit au bord de la Vienne.

Marcel n'était certes pas un professionnel de la pêche ! Il lui manquait à la fois les loisirs et la vocation. Il était tout simplement pêcheur par tradition, parce que, dans son enfance, il avait vu son aïeul et son père, grandement soigneux de leurs engins, s'en servir deux fois par semaine avec une habileté consommée.

En longeant l'esplanade, Picyrat passa derrière les baraques et les tentes closes.

— Je voudrais, pensait-il, être assez puissant pour interdire ces spectacles pendant lesquels une partie de l'humanité s'égaye des souffrances et des abaissements de l'autre..... Je voudrais mettre à portée de ces êtres, qu'une telle existence dégrade, un travail honnête avec un salaire raisonnable, et..... qui sait, peut-être, quelques-unes préféreraient-ils leur avilissement au travail régulier ? Il y aura toujours, à côté de ceux qui tendent à monter, ceux qui tendent à descendre. L'ascension et la chute ! Ceux que préoccupe la vie future, ceux qui végètent dans la vie animale...

Il s'engageait dans un chemin très raide, menant au bord de la rivière, lorsqu'il aperçut devant lui un homme de taille moyenne, large d'épaules, vêtu d'un épais pardessus, coiffé d'un vaste chapeau et tenant une valise à la main. Sans même se retourner, mais ayant, sans doute, entendu derrière lui le bruit des pas, le personnage se jeta de côté et s'engagea à même la pente.

Marcel entendit rouler les pierres et continua son chemin, évitant de manifester aucune curiosité.

Arrivé au bas du coteau, il quitta le grand chemin, entra dans une ruelle qui s'enfonçait au milieu d'un groupe de maisons, puis, tournant à gauche, pénétra dans une prairie, élevée d'environ six pieds au-dessus de la rivière.

Le jour, tout blafard encore, laissait apercevoir, comme une masse indistincte, le vieux pont de Joblac, avec ses corbeaux de pierre, ses piles en bateau, sa courbure en dos d'âne, puis, au delà, les arches blanches et aplaties qui reliaient les tronçons de la nouvelle route au-dessus de la Vienne, et, enfin, le viaduc du chemin de fer dont la courbe sortant du creux noir d'une muraille de rochers traversait la vallée d'un élan gigantesque.

— Je verrai à peine le poisson frétiller au bout de ma ligne ! pensait Marcel. Après tout, que m'importe ! Je respire un air d'une fraîcheur délicieuse, c'est le point important ; il me semble déjà que mes impressions noires s'envolent !

Un bruissement continu dans l'herbe attira son attention, il appuya ses deux coudes sur le haut d'un petit mur en pierres sèches qui le séparait de la prairie voisine et, de là, fut témoin d'un spectacle étrange.

Un être bizarre et difforme, affublé d'un costume bariolé dont les couleurs n'offraient, dans la brume du matin, qu'un ton neutre, était accroupi devant une forme longue et blanche, étendue sur le sol.

Parfois, l'homme y portait les mains, les retirait avec précipitation, comme s'il eût craint d'être mordu, puis, se relevant d'un bond, il essayait de pousser cette masse avec le pied du côté de la rivière. Alors, une ondulation singulière se produisait dans la masse blanche ; à chaque nouvelle tentative, l'homme reculait, secoué par un frisson nerveux.

— Serait-ce quelque forain qui, ayant l'audace de jouer le *Roi s'amuse*, viendrait ici répéter le rôle de Triboulet ! se demanda Marcel.

Voulant en avoir le cœur net, il franchit le mur et, s'approchant, il reconnut Ragel.

Entendant marcher près de lui, le Bossu s'était retourné avec un geste d'effroi. Il se rassura soudain en reconnaissant Pieyrat.

— Que faites-vous donc là, mon pauvre garçon ? demanda celui-ci. Des gens mal intentionnés croiraient que vous commettez un assassinat ?

Ragel jeta autour de lui un regard effaré, puis, joignant les mains, il supplia :

— Oh ! Monsieur, vous qui êtes si bon ! ayez pitié de moi ! Je me débarrasse d'un ennemi qui nous étouffera un jour, la petite Davette, mon chien Fanny et moi, cet horrible serpent que vous avez vu hier !

Marcel se pencha pour tâter la couverture, le pitre lui retint le bras.

— Prenez garde ! dit-il.

En ce moment un mouvement violent ondula l'enveloppe et confirma le dire de Ragel.

— Je l'ai traîné là pour le jeter à l'eau, balbutia-t-il. Je n'ai été vu de personne, quoique j'aie eu beaucoup de mal, il est lourd et même sans le voir j'en avais peur. J'ai manqué mon coup, la première fois, quand j'ai voulu le jeter à la rivière, et maintenant qu'il remue plus fort, je ne sais comment le prendre...

— Mais pourquoi ne t'es-tu pas enfui toi-même, pauvre

malheureux, au lieu de noyer ce reptile dont tu t'exagères peut-être la férocité ; quand le directeur de la baraque va s'apercevoir de sa disparition, il te soupçonnera.

— Et Divette, Monsieur, qui m'a tant suppliée de la débarrasser de l'horrible bête. Il veut qu'elle aussi se laisse entourer par les anneaux. Elle a si peur. Vous dites que ce serpent est moins féroce que je le crois ? C'est bien possible..... Mais que voulez-vous ? l'impression est la même. J'ai cru que j'allais devenir fou ! Si j'avais fui, cette malheureuse enfant serait restée seule pour supporter la colère d'Akantaros et de la grosse Artémise ; elle est faible et ne sait faire autre chose que les tours qu'on lui a appris ! Comment aurait-elle vécu ? Qui aurait voulu prendre chez soi, à dresser comme servante, une petite saltimbanque ? Je ne veux pas voler le serpent, Monsieur, je vous assure que je suis honnête ! Je mettrai en rentrant dans la tirelire la belle pièce de cinq francs que vous m'avez donnée. Cela me peine à cause de Funny, pour lequel j'aurais acheté de la viande afin de le réconforter, mais, que voulez-vous, le premier point, c'est de ne pas voler, n'est-ce pas ?

Marcel sourit de ces naïvetés de primitif.

Il avait trop bien lu l'angoisse sur le visage du pitre, le soir précédent, pour ne pas comprendre que, dans l'esprit de celui-ci, le fait du vol s'abolissait dans le cas de la légitime défense.

Que faire ? Il ne pouvait pas obliger le bossu à reporter le serpent et à aller au-devant d'un châtiment redoutable ?

En ce moment, le reptile donna une secousse si violente que l'on eût pu croire qu'il allait s'échapper.

En une seconde, Marcel envisagea la terreur répandue dans tout le pays et les conséquences qui allaient s'ensuivre. Après tout, ne pouvait-il pas dédommager le banquiste ; si peu intéressant que fût celui-ci, il avait droit à être indemnisé.....

Une nouvelle secousse se produisit ; l'extrémité de la tête parut, écartant les plis de l'étoffe épaisse.....

Ragel poussa un cri.

L'hésitation n'était plus possible ; Marcel n'avait aucune arme ; la fuite du serpent à travers la campagne était imminente.

— Aide-moi ! cria Marcel au bossu.

Mais celui-ci crispa ses mains sur la couverture, Pieyrat le repoussa, et, saisissant le paquet par le milieu, rassemblant toute sa force et toute son énergie, le jeta dans la Vienne.

Dans la courbe que décrivit l'enveloppe, les soubresauts du serpent l'avaient entr'ouverte; le froid de l'eau acheva d'éveiller le reptile, il chercha à se dégager, passa la tête par l'ouverture et, en un instant, tout le corps sortit..... Les anneaux jaunâtres se déroulèrent en rasant la surface de la rivière, la tête se dressa avec un sifflement aigu.

— Nagera-t-il ? se demanda Pieyrat avec inquiétude. Nous aurions dû le lier à une pierre. Si maintenant il parvenait à aborder la rive, que se passerait-il ?

Ragel, le visage livide, ses longues mains osseuses et velues accrochées au sommet du petit mur, fasciné par le regard du serpent tourné vers lui, demeurait immobile de frayeur.....

Ce fut pour Marcel et pour le pitre, tous deux agités d'une crainte bien différente, un moment d'angoisse terrible ; enfin, le long corps visqueux, après des soubresauts désespérés, des efforts rendus vains par la longue atrophie, desserra peu à peu ses anneaux, puis cessa de se débattre ; il disparut progressivement ; la tête flotta encore, pendant quelques instants, laissant échapper un sifflement rauque qui résonna aux oreilles des deux hommes comme un râle d'agonie.

Une lueur de pitié passa sur le visage contracté de Ragel qui perdit enfin l'effrayante immobilité de la fascination.

Pieyrat poussa un soupir de soulagement et se tourna vers le pitre qui, tout abattu, penchait la tête sur sa poitrine.

— Je crois que je viens de commettre une mauvaise action, Monsieur ! dit le bossu. Je croyais que je dédommagerais le patron, et, à présent, il me semble que Sapor valait davantage que l'argent que je remettrai..... Tenez, jusqu'ici je pouvais dire : je n'ai ni tué ni volé ! tandis que, maintenant.....

— Je calmerai tes scrupules vis-à-vis du banquiste, affirma Pieyrat. Viens avec moi, tu resteras caché dans une métairie jusqu'au départ d'Akantaros, puis je te trouverai un emploi proportionné à tes forces.....

— Oh ! Monsieur ! s'écria Bagel dont les joues s'animèrent, ce serait trop de bonheur !

Puis, après un instant de réflexion, il reprit :

— Non, c'est impossible ; je ne peux pas tout leur faire perdre à la fois à ces gens ! Je retournerai à la baraque, il faut bien que je récite l'histoire du petit homme, car, ajouta-t-il avec orgueil, c'est moi, Monsieur, qui l'ai inventée, et personne ne pourrait la refaire. J'ajoute tantôt une chose, tantôt une autre.

Marcel haussa doucement les épaules :

— J'apprécie ta délicatesse, mon pauvre garçon, mais le jour où [illegible] de faire de toi une cible vivante, te croirais-tu obligé de [illegible] ?

— Elle vaut si peu ! murmura l'infortuné Bagel [illegible]

— Elle vaut le prix de la création et de la rédemption, imposa Marcel. La nature t'a disgracié, mais tu vaux autant devant Dieu que le plus beau des êtres humains !

Bagel [illegible] Marcel, les yeux grands ouverts, fut [illegible] par ce langage qu'il entendait pour la première fois.

[illegible] sois tranquille, le [illegible] sera dédommagé, et tu [illegible] peut-être lui épargnes-tu un crime !

[illegible] Monsieur [illegible] Bagel, c'est vous qui payerez à ma place [illegible]

[illegible] Marcel [illegible] puisque [illegible]

[illegible]

C'était [illegible] Bagel, des larmes [illegible], il ne savait comment remercier M. Playrac [illegible] que ses réflexions ne lui déplaisaient [illegible]

[illegible]

Et [illegible] je point [illegible] Que [illegible] sur lui ! [illegible] voyez bien, Monsieur [illegible] faut que je retourne [illegible]

— Ne [illegible] pas, répondit Marcel, je puis bien avoir la fantaisie d'acheter un chien savant..... Et cette fantaisie, je me la passerai aujourd'hui même.

Le cœur de Ragel débordait, il sanglota comme un enfant.

— Allons, dit Marcel en lui frappant sur l'épaule, viens avec moi.

— Etes-vous bien sûr, au moins, que l'on ne nous a pas vus ? demanda le pitre, la voix alarmée.

— Il y avait un pêcheur en face de nous, dit Pieyrat, c'est Pascal, le cocher du Dr Terron. Lui seul a pu voir le serpent glisser dans l'eau : c'est un taciturne ; il ne parlera de cette aventure à personne ; mais je m'assurerai de son silence.

Ragel saisit le bras de son bienfaiteur, et lui désigna deux hommes qui bêchaient dans un jardin éloigné d'une quarantaine de pieds, en contre-bas de la prairie.

— Ces gens ? prononça Marcel ; ils arrivent peut-être à l'instant ; je ne les avais pas remarqués.

— Où est donc la couverture ? fit observer Ragel, tremblant toujours.

— Elle aurait dû flotter sur l'eau. Etait-elle à toi ?

— Non, Monsieur. Moineau, l'autre acteur, l'avait rapportée je ne sais d'où ; elle était toute neuve, très belle, avec un chiffre, un F, je crois.....

— Cherchons, dit Pieyrat.

Toutes les recherches demeurèrent infructueuses, la couverture, sans doute, était allée au fil de l'eau.

— Ne nous attardons pas davantage, mon pauvre garçon, je t'ai promis que tout le monde serait indemnisé.

Mais Ragel demeurait à la même place.

— Ces hommes ! répétait-il en désignant les deux travailleurs.

— N'aie donc pas peur ! Je les verrai. En ce moment, évitons tout retard.

D'un pas rapide, il remonta la côte, tandis que le pitre se glissait sans bruit derrière lui, resserrant encore ses pauvres membres grêles et desséchés, haletant de terreur. Il respira enfin lorsque la lourde porte de l'habitation de Marcel Pieyrat retomba derrière lui.

Deux heures plus tard, caché dans le fond de la voiture d'un des métayers de son protecteur, il gagnait la campagne, cahoté, brisé par la fatigue et l'émotion, roulant dans sa tête la même pensée :

— Si M. Pieyrat allait oublier de délivrer mon pauvre chien! Si j'avais osé, je lui en aurais encore parlé en le quittant.

Marcel, aussitôt après le départ du bossu, se préparait à se rendre chez les deux jardiniers, lorsqu'on vint l'avertir qu'un de ses clients arrivait de Limoges pour l'entretenir d'une grave affaire.

Toute sa matinée serait absorbée par cet entretien, il n'en doutait pas ; alors, en hâte, sans avoir le temps de calculer la portée des expressions, il traça ces mots sur une feuille de papier :

« Je vous prie de ne pas parler de ce que vous avez pu voir ce matin au bord de la rivière.

» MARCEL PIEYRAT. »

Avant de clore l'enveloppe, il y glissa deux pièces de vingt francs, la cacheta et appela son vieux domestique auquel il la remit avec quelques mots d'explication.

Tout en descendant l'escalier pour se rendre dans son cabinet, il réfléchissait à ce qu'il venait de faire :

— Deux lignes de l'écriture d'un homme suffisent pour le faire pendre, se disait-il ; si je rappelais Bastien ?

Il remonta, ouvrit la fenêtre, et aperçut le domestique qui tournait le coin de la rue.

— Trop tard ! J'irai aussitôt que je serai libre reprendre ce billet vraiment stupide, mais puisque j'étais avec Ragel, nul ne croira que ce malheureux ait assassiné un de ses semblables sous ma protection ! Les craintes de ce pauvre être sont une pure folie.

V

L'aspect du Mas Rignac était charmant ce jour-là ; une pluie fine, de courte durée, avait rafraîchi toutes les verdures atténuées par l'automne.

Le chemin qui y conduisait était bordé, du côté droit, par une longue pente de prairies, dévalant jusqu'au·torrent qui bruissait sur de larges pierres grises, coulant sous les arbres penchés, dont le bas du tronc disparaissait dans d'immenses touffes de fougères, mêlées aux fleurs des prés qui émaillaient l'herbe jusqu'au bord de l'eau.

A gauche, un bois tapissé de mousse escaladait le sommet de la colline.

A peine, dans le beau ciel d'un bleu intense, quelques nuages voilaient-ils la lumière éclatante du soleil, variant ainsi les tons des épais feuillages tranchant sur le vert jaunâtre des prairies.

Tous les invités d'"Agnès étaient réunis, sauf M. et Mme Flaccaud dont Marcel regrettait peu l'absence.

Les impressions qu'il avait ressenties depuis la veille au soir étaient dissipées par la présence de Claude venue avec une de ses tantes qui l'accompagnait presque toujours, car son grand-père, le vieux D* Terron, qui avait suppléé près de sa petite-fille aux parents enlevés trop tôt à leur tâche, ne sortait plus de chez lui, retenu par ses infirmités.

Jamais Picyrat n'avait montré autant d'entrain ; son bonheur débordait après tant d'années de réserve et de concentration. Tout en laissant à Agnès le premier rôle, et en évitant d'effacer son beau-frère, il fit les honneurs du lunch·avec beaucoup de gaieté.

Une nouvelle sève de jeunesse semblait renaître en lui, plus vivace que la première. Tant de charges et de devoirs lourds l'avaient en quelque sorte étouffée !

Agnès, en sortant de table, proposa une pêche aux écrevisses. Pendant le va-et-vient général qui s'ensuivit, Marcel se dirigea vers Claude.

— Voulez-vous me permettre, dit-il, de vous montrer la grande avenue de hêtres, qui est selon moi le principal agrément de la propriété.

Il n'ajoute pas :

— C'est là que, dans mes rares moments de loisirs, je venais penser à vous.

Elle acquiesça ; tous deux marchèrent, silencieux d'abord,

puis, peu à peu, ils se dirent simplement, purement, ce qu'ils avaient songé toujours ; que dans cette longue période de lutte, active pour lui, passive pour elle, la force leur était venue de la persuasion que Dieu lui-même voulait l'union de leurs deux vies, la multiplication de leurs énergies l'une par l'autre, et que le secret que chacun gardait dans son cœur était le secret de l'autre.

Ils se dirent qu'aux jours heureux, ils seraient deux pour rendre grâce des bienfaits reçus et, aux jours sombres, deux pour souffrir ensemble.

Tout naturellement, ils en vinrent à parler des projets d'avenir, alors Marcel s'étonna de la tristesse qui passa tout à coup dans la voix de Claude.

— Avez-vous pensé combien de belles années ont été perdues pour nous? interrogea-t-elle. Il y a des intensités de joie que nous ne retrouverons plus à présent que l'illusion de notre première jeunesse est éteinte...

— Une affection telle que la nôtre, affirma Pleyrat, reste éternellement jeune, parce qu'elle est puisée à la source même... telle. D'ailleurs, ajouta-t-il en souriant, si nous descendons des sommets dans la plaine, pour nous arrêter aux faits extérieurs, [...] eût-elle été préservée plus longtemps, en étant à l'abri des soucis du ménage?

Claude le regarda, étonnée.

— Ne parlez pas ainsi, dit-elle d'un ton de reproche [...] mettre en face d'un grand bonheur [...] apparence de quelques années de moins [...] pour votre santé et le soutien des temps difficiles?

Marcel baissa la tête, tandis qu'elle reprenait:

— Oh! ne croyez pas que j'aie été humiliée [...] mais dites-moi [...] au delà de la crainte que je ne fusse pas capable de lutter à vos côtés... non! vous ne m'avez pas accoutumée à un invincible orgueil!

Marcel voulut l'interrompre, mais Claude supplia:

— Écoutez-moi jusqu'au bout! car nous ne reviendrons jamais sur ce sujet. Vous aurez eu le courage de relever [...]

tune de vos parents, vous n'avez pas eu celui de dominer l'opinion en venant me tendre votre main loyale, pour me demander d'être votre femme ; vous avez craint de surprendre, en arrière des félicitations, un murmure vous accusant de rechercher ma fortune, et vous avez reculé..... et moi, m'avez-vous jugée telle que je puisse vous soupçonner d'avoir songé à ma dot plus qu'à moi-même ? Ne me placiez-vous pas au-dessus des appréciations des autres ?......

— Non, dit Picyrat. Je serais venu vers vous, pauvre, avec la certitude qu'aucun doute n'aurait même effleuré votre esprit ! Mais je voulais être plus digne de vous en faisant acte d'homme droit et courageux qui, après la Providence, ne veut compter que sur lui-même.

Claude eut un beau sourire en regardant Marcel, et, lui tendant la main :

— Je suis fière de vous ! prononça-t-elle. Le seul chagrin que vous m'avez causé est celui de n'avoir pas été appelée aux jours de luttes et de médiocrité ; je vous le pardonne ; mais sachez que j'eusse, moi, cessé de jouir de ma fortune et travaillé à vos côtés jusqu'au moment où la vôtre eût été relevée et que votre fierté eût été à couvert !

— Merci ! murmura-t-il en lui serrant la main.

Tous deux s'assirent au bord du fossé, tout entiers à la joie unique du présent, oubliant les longues attentes du passé, mais aussi « la fuite incessante des jours futurs » qui est l'avenir.

Un bruit de voix rompit le charme de leur entretien. Ils allaient se trouver séparés, car on venait dans cette partie du domaine.

Agnès arriva près d'eux ; le groupe qui la suivait était encore assez éloigné pour que Marcel pût lui dire :

— Ma petite sœur, n'as-tu pas tout deviné ?

La jeune femme se jeta dans les bras de Mlle Terron, en murmurant :

— Il va donc falloir que je vous aime davantage ! Je ne croyais pas que cela fût possible !

Après les premiers instants d'épanchement, Marcel alla rejoindre ses hôtes tandis qu'Agnès disait à Claude ;

— Madame votre tante m'a chargée de vous apprendre qu'elle repartait pour Saint-Meslin, rejoindre votre cousine Flaccaud. M. Flaccaud a disparu.

— Disparu ?..... répéta Claude saisie.

— Nul n'y comprend rien ! Mme Flaccaud, fatiguée de sa nuit blanche, ne s'est levée qu'à midi, elle s'est fait servir à déjeuner dans sa chambre, et c'est vers 3 heures qu'elle a su, par un employé de la banque, venu aux informations, que son mari était introuvable.

— Pauvre femme ! s'écria Claude. Je vais aller près d'elle. Peut-être pourrai-je lui être utile !

— Attendez-nous, supplia Mme Max. Il s'agit peut-être, après tout, pour M. Flaccaud d'une course à la campagne imprévue et prolongée ! Et, ajouta-t-elle en souriant avec un peu de malice, Marcel vous accompagnera et moi je vous servirai de chaperon !

Claude l'embrassa.

— Merci, chère petite sœur, dit-elle en souriant, mais je suis habituée à circuler seule depuis que mon grand-père ne peut plus monter en voiture. D'ailleurs, je ne veux pas perdre une minute avant d'aller voir mes cousines.

Appelant son cocher qui sortait de la ferme :

— Attelez, je vous prie, Pascal, dit-elle.

— Cet homme a une figure déplaisante, fit remarquer Agnès, tandis que le domestique s'éloignait. Je suis inquiète de vous voir partir seule avec lui. Déjà plusieurs personnes prennent congé de mon frère, nous allons bientôt nous en aller.

— Croyez-vous donc que Pascal va m'assassiner en route ? demanda Claude en riant.

— Ne riez pas ! Je lui trouve l'air d'un homme prêt à faire un mauvais coup.

— J'avoue que son extérieur est plutôt incorrect ! Cette barbe noire et fourrée lui donne un assez fâcheux aspect, et l'oubli, peut-être bien volontaire, de porter sa casquette de livrée achève de rendre son aspect déplaisant sous ce chapeau informe.

Le jeu de la paupière d'en bas qui retombe m'a été long-

temps désagréable. Ce n'est, après tout, qu'un défaut de con-
formation.

— Pourquoi avez-vous pris cet homme à votre service ?
insista la jeune femme.

— Pour le tirer de la misère, et, d'ailleurs, les certificats dont
il était porteur étaient excellents, répondit Claude visiblement
énervée.

— Il y a longtemps qu'il est chez vous ?

— Deux mois environ.

— Et qu'en pense votre vieille Mardy, si dévouée et si pru-
dente ?

— Oh ! si j'écoutais Mardy, nul serviteur ne serait digne
d'entrer à la maison. Elle reproche amèrement à Pascal de ne
pas parler assez.

— Peut-être cache-t-il quelque chose ?

— Cet homme est taciturne..... et Mardy est curieuse. Voilà
tout. A présent, mes chers amis, je vous remercie de l'affec-
tueux accueil que j'ai trouvé au Mas Rignac.

— La première fois que nous y viendrons, dit Agnès, ce sera
vous qui nous y recevrez.

Marcel arrivait à la hâte ; il aida Claude à s'installer dans
la voiture ; et, levant les yeux, vit Pascal sur le siège. Toute la
scène du matin lui revint à la mémoire.

—J'aurais dû songer plus tôt à m'entretenir avec cet homme!
pensa-t-il, à présent, c'est impossible! Venez, je vous prie, me
parler demain à l'heure à laquelle vous serez libre, dit-il à
haute voix ; j'ai quelque chose d'important à vous dire et tout
à votre avantage.

Pascal acquiesça de la tête et fit claquer son fouet ; cependant, tout le long de l'avenue, il maintint son cheval au pas.
Marcel marchait à côté de la voiture en causant avec Claude :

— Est-ce que Monsieur votre grand-père voudrait bien me
recevoir dès ce soir même ? demanda-t-il.

—Oh non ! il se retire de très bonne heure dans sa chambre;
d'ailleurs, et je suppose que vous ne vous en plaindrez pas,
ajouta-t-elle en souriant, il veut que je sois près de lui quand
quelqu'un vient le voir. Il a conservé toutes les façons si cor-

rectes et un peu cérémonieuses d'autrefois, son immobilité le navre d'autant plus que je ne suis pas là pour le suppléer ; je resterai sans doute fort tard chez Mme Flaccaud, à moins que quelque bonne nouvelle n'y soit arrivée.

— Alors, j'irai chez M. Terron demain matin. Nous n'avons pas de temps à perdre. Ne me l'avez-vous pas dit ?

— Je le sais..... affirma Claude avec un sourire et rougissant légèrement. Vous m'avez donné le bon exemple, vous m'avez appris qu'il faut savoir attendre lorsque le devoir commande ! Mon devoir est d'aller près de ces femmes qui souffrent, mais à 10 ou 11 heures demain matin, vous nous trouverez tous les deux, et comme je sais que le « oui » de mon grand-père confirmera le mien, vous prierez Agnès et Albert de venir nous rejoindre, et nous déjeunerons ensemble tous les cinq. Voulez-vous ?

Marcel répondit en lui serrant la main, et le cheval partit au grand trot.

VI

La défiance que Mme Albert Max avait témoignée à l'égard de Pascal hantait la mémoire de Claude ; en vain cherchait-elle à ne voir dans cette appréciation qu'un enfantillage ; elle ressentait un peu d'alarme. Mais bientôt, elle s'absorba dans d'autres pensées et ne s'aperçut pas que Pascal avait engagé la voiture dans des traverses remplies d'ornières.

Ainsi que Marcel, le jour précédent, Claude éprouvait une détente de tout son être..... Elle se demandait comment elle avait pu vivre aussi confiante, aussi calme !..... dans l'attente de l'heure à laquelle une promesse solennelle serait échangée entre elle et celui qu'elle avait toujours considéré comme son fiancé, et auquel, néanmoins, nul lien ne l'attachait.

Elle subissait la réaction de son courage et de son endurance.

Sa vie à elle aussi avait été laborieuse et remplie ; aucune de ses journées n'avait été perdue pour elle et pour les autres, mais elle avait tant souffert que Marcel fût seul à porter le fardeau des jours, et, souvent, à cause de cela, elle s'était imposée des tâches plus rudes.

Elle aussi avait pris en main la direction de la fortune de son grand-père, la surveillance des métairies, elle avait multiplié ses études sérieuses, ses travaux d'aiguille pour l'église et pour les pauvres.

Sur le champ de bataille, Napoléon n'avait pas le temps de pleurer la mort de ses fidèles ! Dans le combat de la vie, la femme chrétienne n'a pas de temps à donner aux regrets stériles, aux anxiétés de l'attente qui paralysent les actes, pas plus qu'elle ne croit que la fortune peut exempter de la loi du travail !

Claude, elle aussi, avait une foi profonde ; une dévotion raisonnée, douce aux adversaires de la religion qu'elle cherchait bien plus à ramener qu'à confondre !

Il y avait dans le caractère de chacun des fiancés un trait distinctif, découlant de la nature des choses.

L'ancien zouave pontifical, connu dans tout le pays comme un des chefs du parti conservateur, sachant qu'il serait appelé un jour ou l'autre à y remplir un rôle plus accentué dans lequel il lui faudrait se livrer à la malignité publique, s'était condamné à l'interminable attente du bonheur pour que nul, en fouillant dans sa vie privée, ne pût l'accuser d'avoir manqué à la délicatesse la plus stricte.

Claude, au contraire, tenant les questions d'argent pour non avenues, estimait que la conscience est, après Dieu, seul juge de nos actions. Faire son devoir et laisser dire...

L'indépendance de son caractère était, d'ailleurs, en partie, le fait des circonstances.

Sa mère était morte quelques jours après sa naissance, son père, trois ans plus tard ; le Dʳ Jean, ainsi l'appelait-on pour le distinguer de son père, avait, durant une épidémie, succombé au mal contracté près des malades pauvres qu'il soignait par charité.

Une belle mort de chrétien, une mort de combattant.

Le Dʳ Terron, veuf, lui aussi, fit, dès lors, deux parts de sa vie ; il éleva l'enfant de son fils, il consacra aux pauvres ses dernières forces.

Auprès de cet éducateur, de ce savant, homme de bien, Claude avait pris ses viriles habitudes de travail, et puisé aux sources de la religion qui avait soutenu et consolé l'aïeul dans ces dures épreuves.

Elle avait reçu une éducation solide autant que brillante et compris que cette éducation n'était que le prélude de celle que l'on doit acquérir par soi-même.

En voyant sa jeunesse s'effeuiller année par année, ses espoirs de bonheur reculer toujours, elle avait souffert bien plus qu'elle ne l'avait fait connaître à Marcel. Ses amies la raillaient sur « ses travaux », la traitant de « bas-bleu ». Elles s'étonnaient aussi qu'elle assistât aux messes matinales au lieu de se rendre aux messes tardives ?

Claude trouvait que les premiers instants du jour sont les meilleurs à consacrer à Dieu, et elle préférait le retour chez soi, en recueillant le bienfait de cette matinale rosée, aux sorties bruyantes, aux interminables flâneries que l'on prolongeait par des séances chez le pâtissier, et qui finissaient enfin sur l'esplanade par de nouvelles palabres.

.   .   .   .

Les yeux à demi clos, ayant presque totalement perdu la notion des choses, Claude fut tout à coup rappelée à la réalité actuelle par un choc violent..... Elle se redressa.

— Qu'y a-t-il, Pascal ? demanda-t-elle en se penchant hors de la victoria.

— Il y a, Mademoiselle, que l'essieu est cassé, et qu'il faut conduire la voiture chez le charron, là-bas.

Il désigna avec son fouet un point quelque peu vague.

— Allez, dit Mlle Terron, sans se préoccuper de l'incident.

Elle mit pied à terre et marcha sans regarder autour d'elle, ne voulant rien perdre de sa douce rêverie..... elle qui, depuis si longtemps, s'était interdit de rêver pour ne pas amollir son âme !

VII

Claude songeait à la joie qu'éprouverait son aïeul lorsque Marcel Pieyrat viendrait lui demander la main de sa petite-fille.

Jamais, non plus, le vieillard n'avait prononcé un seul mot qui eût trait à l'union future de Marcel et de Claude, mais, lui aussi, y comptait implicitement et la souhaitait de tout son cœur. Il garderait près de lui sa fille, sa joie et sa consolation, celle qui parvenait aux heures sombres à lui arracher un sourire !

Dans la vie du Dr Terron, une épreuve plus douloureuse que la mort de son fils Jean creusait un sillon profond.

Il est plus désespérant, parfois, de pleurer les vivants que les morts, surtout lorsque les morts ont quitté ce monde dans l'accomplissement d'un acte d'héroïsme et de suprême charité qui leur ouvre les portes du ciel.

M. Terron avait un autre fils. Claude longtemps l'ignora ; puis, à mesure que son esprit devenait plus perspicace, qu'elle commençait à avoir quelque expérience de la vie, elle fit une remarque.

Les accès de tristesse de son grand-père coïncidaient avec l'arrivée de certaines lettres portant des timbres étrangers et dont la suscription était tracée d'une écriture longue, molle, indécise.

Quel était ce redoutable correspondant dont son aïeul ne prononçait jamais le nom et qui, exerçait sur sa vie une si néfaste influence ?

Un jour, Claude entendit la vieille Mardy murmurer, tandis qu'elle montait à son maître une de ces redoutables missives :

— Si j'osais la déchirer en morceaux ! En fait-il du mal à son père avec ses lettres !

Claude en avait assez deviné, assez appris.

Si dévouée, si sûre que fût la servante, elle ne voulut pas l'interroger, mais elle comprit qu'il lui fallait pénétrer au plus tôt le secret qui oppressait son grand-père. Leur sécurité à tous deux en dépendait ; d'un moment à l'autre, elle pouvait se trouver obligée, par les fatigues et les infirmités du vieillard, à penser et à agir pour lui.

Il n'était pas dans la nature de Claude de supporter longtemps l'incertitude ; dès le lendemain soir, elle s'assit près de M. Terron et, résolument :

— Grand-père, lui déclara-t-elle, *quelqu'un* vous fait souffrir ! Vous ne souffrirez pas seul !

L'aïeul secoua la tête. Il ne s'étonnait pas, ayant toujours redouté de ne pas avoir assez dissimulé ses moments de tristesse ; mais il ne voulait pas projeter l'ombre de son chagrin sur ce beau front si pur, ni partager ses angoisses avec l'enfant de son fils bien-aimé, de celui qui n'avait jamais failli.

Ce fut pendant un long silence que, réfléchissant, une pensée analogue à celle qu'avait conçue Claude lui vint à l'esprit.

Sa petite-fille avait l'âge d'une femme, il la laisserait peut-être sans protecteur ; il fallait qu'elle sût tout ! Alors, il lui parla de son second fils, dont Claude avait toujours ignoré l'existence. Il lui dépeignit ce caractère à la fois mou et indiscipliné, vicieux et faible, prêt à subir toutes les influences mauvaises, rebelle à tout travail.

A vingt-quatre ans, Gustave Terron avait dû quitter la France ; il était parti pour l'Amérique sous la protection d'un ami dévoué. On espérait développer en lui l'initiative, aimanter son esprit mobile vers un but déterminé, l'arracher aux tentations multiples de la vie désœuvrée qu'il menait à Paris.

Bientôt, le jeune homme s'était lassé d'être en tutelle, il quitta le Far-West où il était forcé de travailler et vint échouer à Rio-de-Janeiro où il vécut d'expédients.

Chaque lettre à son père contenait la réclamation de nouveaux subsides, et le père hésitait entre la terreur que lui inspiraient les extrémités auxquelles la misère pouvait mener l'enfant prodigue, et la crainte de placer auprès de Claude un perpétuel obstacle à tout projet d'avenir, un permanent danger, s'il rappelait son fils près de lui.

— Je le laisserai revenir s'il veut ! telle avait été la résolution prise, mais je ne l'y convierai pas.

Mais jamais cette éventualité ne s'était présentée.

Les lettres continuèrent plus ou moins fréquentes, remplies de promesses de conversion. Mais, depuis plusieurs mois, M. Terron n'avait rien reçu.

Le docteur, très affaibli, s'efforçait à l'espérance. Son fils, peut-être, s'était mis résolument au travail, et attendait, sans doute, pour écrire à son père, qu'il pût annoncer un résultat appréciable !

Et, maintenant, de nouveaux espoirs allaient surgir autour de l'aïeul !

Claude avait hâte, grande hâte, de revenir près de lui, de poser sur son front un tendre et filial baiser, de murmurer à son oreille de douces paroles.

Elle leva les yeux et s'aperçut que le jour baissait. Une inquiétude la saisit tout à coup au sujet de M. Terron ; il allait peut-être s'alarmer de ce long retard.

Pascal va être obligé de mener son cheval au pas dans ce mauvais chemin.

Elle se leva, une agitation nerveuse s'emparait d'elle. Pourquoi n'avait-elle pas écouté Agnès ? Mais aussi pourquoi ne gagnerait-elle pas Saint-Meslin à pied, elle était bonne marcheuse.

Elle rassurerait d'abord son grand-père, et elle aurait le temps, avant la nuit, de se rendre chez Mme Flaccaud.

Elle se mit en route, s'orientant de son mieux, hâtant le pas, tout énervée de ne pas trouver son chemin dans son propre pays qu'elle croyait si bien connaître.....

Devant elle, les maisons d'un hameau se dressaient entre des touffes d'arbres ; là elle pourrait se renseigner.

Maintenant, elle souhaitait vivement revenir seule. Peu à peu ses pensées se concentrèrent en un désir unique : arriver au plus tôt à Saint-Meslin.

Cinq minutes s'écoulèrent ; Claude touchait presque à la haie qui servait d'enclos à une métairie, lorsqu'il lui sembla percevoir le bruit lointain d'une voiture. Elle ne tourna pas la tête, et, allant plus vite, toujours plus vite, dépassa les maisons.

Elle n'entendait plus rien. Un homme qu'elle croisa l'assura qu'elle suivait une bonne direction ; dans moins d'une demi-heure elle aurait gagné Saint-Meslin.

Elle s'arrêta pour regarder autour d'elle, et reconnut parfaitement l'endroit où elle se trouvait.

Le bruit de tout à l'heure se fit entendre de nouveau, et la victoria apparut tirée, ou plutôt cahotée d'ornière en ornière, par le vieux cheval bai brun.

Lorsque Pascal eut rejoint Mlle Terron, celle-ci fut frappée de la singulière expression de ce visage embroussaillé. Elle éprouva une sensation de méfiance si violente qu'elle fit un grand effort pour affermir sa voix et ordonner :

— Rentrez, Pascal, je ne monterai pas.

Elle regrettait maintenant avec amertume de n'avoir pas suivi le conseil d'Agnès, et d'avoir quitté seule le Mas Rignac.

Pour toute réponse, le cocher sauta à bas de son siège, en grommelant :

— On dirait vraiment que vous avez peur de moi.

Claude tressaillit.

Que signifiait une telle incorrection ?

Pascal attacha la bride du cheval à un arbre, au moment où Mlle Terron, d'un ton péremptoire, lui donnait à nouveau l'ordre de repartir.

— J'ai à vous parler, Mademoiselle, déclara-t-il, et cela sans témoins.

— Parlez ! ordonna Mlle Terron effrayée, en se tournant instinctivement du côté du hameau qu'elle venait de quitter.

— Quand vous saurez ce que j'ai à vous dire, ricana Pascal en lui barrant le chemin, vous ne tiendrez pas à faire venir un tiers !

Et, tirant un papier de sa poche, il le plaça brutalement sous les yeux de Mlle Terron.

— Vous connaissez cette écriture ? interrogea-t-il.

Claude blêmit, et fit un immense effort pour ne pas chanceler.

L'écriture redoutée couvrait un chiffon de papier froissé.

Elle savait que le docteur brûlait exactement toutes les lettres de son fils ; comment celle-ci avait-elle pu tomber entre les mains de Pascal ?

Mlle Terron demeurait sans mouvement, immobilisée par cette atroce surprise ; puis les pensées affluèrent à son cerveau, tandis que son cœur s'étreignait.

— Lisez donc, prononça Pascal insolent, c'est de votre oncle!

Il semblait à Claude qu'on la fouaillait en plein visage ; elle se redressa.

Il fallait abréger cette scène ; elle prit la lettre avec dégoût et lut :

MON VIEUX CAMARADE,

Je suis pris ! Carlo te remettra cette lettre. J'en ai pour dix ans ! Dix ans d'enfer ! Il faut à tout prix que je me sauve de là. Avec de l'argent, ce serait possible.

Si mon père savait seulement ce qu'est le quart du supplice qui m'attend, il sacrifierait une partie de sa fortune pour me l'épargner ! Pars pour l'Europe, tu sais où réside ma famille, opère vite et bien. Mais, surtout bien..... car il ne faut pas revenir les mains vides !..... Je compte sur toi.

Ton vieil ami,

GUSTAVE TERRON.

La lettre glissa des mains de Claude.

Quoi ! le malheureux était descendu si bas.....

Les travaux forcés ! et par quels chemins ! Le vol, sûrement ; l'assassinat, peut-être.

Ce fut quand, d'un geste rapide, Pascal eut ramassé la lettre, que Mlle Terron songea que, si elle eût été plus prompte, elle eût pu détruire ce témoignage d'infamie.....

— Comment ce papier se trouve-t-il entre vos mains ? demanda-t-elle, brève et hautaine.

— Allons, allons, Mademoiselle ! ne soyez pas si fière, et répondez-moi au lieu de me questionner ! Croyez-vous que cette épître-là fasse grand plaisir à Monsieur votre grand-père ?

— Misérable !

— Doucement ! en me traitant de misérable, l'épithète va en chercher un autre, le fils même de votre grand-père ; voulez-vous savoir comment ce papier est entre mes mains ? C'est que votre oncle et moi faisions partie d'une petite bande de gens qui, n'ayant pas réussi à faire fortune par des moyens honnêtes, en ont employé d'autres qui l'étaient moins.

— Le malheureux n'avait même pas dissimulé son nom ! murmura Claude ; il n'a pas songé à épargner son père.

Pascal haussa les épaules.

— On aurait su tout cela plus tard. Mais vous n'êtes pas

curieuse. Vous ne m'avez pas demandé pourquoi je suis tout d'abord entré chez vous comme domestique ? C'est simple, je venais d'avoir des aventures et des émotions désagréables et, si je m'en étais mieux tiré que Gustave.....

Claude frémit de colère indignée.

— Ne prononcez pas ainsi ce nom ! imposa-t-elle.

Pascal ricana.

— Est-ce ma faute plus que la vôtre si Monsieur votre oncle est descendu aussi bas que moi ? Peut-être plus bas, puisqu'il est aux galères, et ce n'est pas vous qui lèverez le doigt pour m'y faire envoyer, car je mangerais le morceau.

Les lèvres de Mlle Terron se serrèrent convulsivement ; elle ne comprenait que trop à quel point son aïeul et elle dépendaient de cet homme !

— Eh bien! donc, je suis arrivé en France sans le sou, mais non sans ressources ! J'ai fabriqué des certificats que vous avez jugés excellents ! Je n'avais connu depuis quelque temps que la misère ou l'orgie ; des semaines de repos dans une bonne maison m'ont refait, et mieux valait attendre et tâter le terrain. J'ai tout préparé, tout calculé, vous êtes assez intelligente pour deviner qu'il faut me donner la forte somme que Gustave réclame et une autre forte somme pour ma commission ! Si vous ne vous montrez pas regardante, tout s'arrangera entre nous, et votre grand-père ne saura rien.

Les mains brûlantes de Claude se joignirent dans une horrible angoisse.

Pascal s'était retourné pour détacher le cheval et monta sur le siège.

— En voiture, maintenant! prononça-t-il, brutalement familier.

— Partez, partez ! s'écria Mlle Terron avec dégoût.

— Comme vous voudrez ! Cela m'est égal, à moi ! Le cocher roule carrosse, la demoiselle suit à pied ! Nous nous retrouverons toujours à la maison.

Il fit claquer son fouet, le cheval prit le trot, et la voiture, de nouveau cahotée d'ornière en ornière, disparut bientôt.

VII

Claude s'affaissa sur le rebord de la petite route.

Tout son courage, sa volonté, son énergie s'anéantissaient.

La belle et chère vieillesse de l'aïeul était frappée par un coup irrémédiable, condamnée à une de ces douleurs sans consolation, parce qu'elles participent (au moins aux yeux des hommes) à l'irréparable ! Son avenir à elle, cet avenir de pur bonheur auquel touchait, par la joie du présent, ce long passé d'attente, cet avenir était brisé.....

L'oubli avait couvert le nom de Gustave Terron. Il s'était expatrié après ses fautes de jeunesse.

Nul n'interrogeait le père au sujet de ce fils prodigue.

Mais, à présent, aucun doute ne subsisterait plus !.....

Le fils prodigue était un galérien. La boue du bagne éclaboussait le nom jusqu'alors si honorable..... si honoré.

Marcel, lui, avait sacrifié tout pour payer les dettes paternelles ! Claude ne pouvait plus être la compagne de sa vie, apporter à ses enfants la honte d'un tel stigmate.....

Les fils de Marcel Pieyrat ne pouvaient être les neveux d'un forçat !

.   .   .   .

Elle, si fière, trop fière peut-être, de la noble réputation des siens, allait être condamnée à rougir quand certains mots seraient prononcés devant elle, à voir partout des allusions cruelles.

Elle défaillait à la perspective de la vie redoutable qui allait s'ouvrir devant elle. Comment annoncer à son fiancé qu'elle renonçait à lui. Claude eut la tentation de fuir, de s'éloigner de Marcel à tout jamais, de chercher un refuge dans une maison de prière et de silence dont elle avait entendu parler un jour, où l'on ne vous demande ni votre nom, ni celui de votre pays, ni d'expliquer les causes qui vous ont amenée dans cet asile des désespérées !

Elle eut aussitôt conscience d'une lâcheté d'âme. Abandonner son grand-père à l'heure suprême de la terrible épreuve ! Elle devait rester près de lui, mettre tout en œuvre pour parer le coup, fermer la bouche de Pascal, être seule à supporter l'humiliation atroce, en faire un impénétrable mystère, protéger, s'il le fallait, le vieillard contre son propre fils, si celui-ci revenait un jour.

Son avenir était brisé, sa joie perdue, mais sa tâche commençait ; elle avait vécu jusque-là dans les limites du devoir tracé, elle ne faillirait pas devant ces autres devoirs plus complexes, si ardus, si douloureux.

Dieu lui donnerait la force et l'inspiration nécessaires.

Elle trouverait un prétexte pour reprendre la parole déjà engagée vis-à-vis de Marcel ; elle laisserait croire à son grand-père qu'elle était heureuse, très heureuse près de lui, toujours libre, n'ayant aucune entrave à ses volontés et à ses actes, et qu'elle ne pouvait se plier aux obligations qu'impose le mariage.

Elle ne devait plus s'occuper d'elle-même, mais penser seulement à l'aïeul, dont elle était devenue soudain la protectrice, en quelque sorte le rempart.

Pour parer le coup terrible, il fallait avant tout clore la bouche de Pascal..... A quel parti s'arrêter ?.....

Comment se procurer la somme qu'il exigerait et qu'il n'avait pas encore stipulée ?..... Cette somme, Claude ne pouvait la lui refuser sans rendre public le déshonneur du frère de son père. Et cet argent qui, rendant la liberté au forçat, pouvait le faire rentrer, perpétuelle menace, au foyer paternel ! Amener un trouble affreux dans la noble vieillesse du Dr Terron, et pourtant, si c'était le prix de la rédemption du coupable !.....

Tant de pensées se heurtaient dans le cerveau, pourtant si bien équilibré, de la jeune fille, qu'elle ne pouvait plus saisir le fil d'un raisonnement..... Alors, elle se leva, déchirée, mais résolue ; seulement ses forces physiques ne répondaient plus à son énergie morale. Elle se sentit défaillir.

En ce moment, une carriole débouchait sur le chemin, dans l'ombre. Ce bruit de roues fit tressaillir Claude.

Une femme seule était dans la voiture, menant vigoureusement un cheval plein d'ardeur.

Mlle Terron se souleva et, forçant sa voix, appela la métayère qui s'arrêta aussitôt.

— Voulez-vous me reconduire à Saint-Meslin ? demanda-t-elle. Je ne puis plus marcher.

— Vous êtes malade, blessée ?..... Et autrement, on n'y voit goutte.....

— Blessée, malade, répéta machinalement Mlle Terron, en s'accrochant aux ridelles pour se hausser (elle toujours si leste) jusqu'au marchepied.

— Vous n'avez point peur d'être menée par une femme ? demanda la conductrice en faisant une place à ses côtés, sur la banquette.

Une crispation serra les lèvres de Claude.

— Non, dit-elle, la voix blanche..... J'aime mieux cela.

Un frisson la secouait toute à cette évocation par les contraires du rustre qui venait de la torturer.

Le véhicule secouant péniblement les membres endoloris de Mlle Terron, elle ferma les yeux. Un bourdonnement étrange remplissait ses oreilles..... Ses idées se brouillaient davantage encore. Elle éprouvait la singulière et terrible impression d'avoir les mains liées derrière le dos et d'être assise dans la charrette qui la conduisait au dernier supplice.

Enfin, elle leva ses paupières alourdies, l'illusion se dissipa tandis qu'elle se répétait en elle-même :

— D'autres y ont passé, des femmes plus jeunes que moi.....

Elle fit arrêter la métayère au coin de la rue, la remercia avec des mots sans-suite, descendit toute chancelante, gagna sa porte et tira la sonnette ; la vieille Mardy la guettait, anxieuse, essayant de se rassurer par la pensée que Mlle Terron s'était rendue tout d'abord chez Mme Flaccaud.

La servante souleva la lampe qu'elle tenait à la main ; la lumière fut projetée en plein sur le visage de Claude :

— Que vous est-il donc arrivé, Mademoiselle ? s'écria-t-elle à l'aspect de sa jeune maîtresse. Pascal est déjà ici depuis une heure et nous a dit que vous étiez descendue de voiture avant de rentrer en ville. Je commençais à avoir peur en ne vous voyant pas revenir. Est-ce qu'il y a du nouveau ?

Elle faisait allusion à la disparition de M. Flaccoud. Claude avait oublié l'événement même qui, en précipitant son retour, l'avait mise à la merci de Pascal ; elle ne comprit pas tout d'abord :

— Mon grand-père ne s'est pas alarmé à mon sujet ? interrogea-t-elle.

— Monsieur s'est endormi de bonne heure ; je lui ai laissé croire que vous dîneriez avec des amies. Mais, Mademoiselle, n'avez-vous pas fait quelque chute de voiture ? Il conduit si mal ce cocher de malheur ! Il faisait une mauvaise grimace en dételant son cheval.....

Claude secoua la tête avec un geste si bref que la vieille servante s'arrêta court ; Mlle Terron lui fit signe de passer en avant et la suivit dans la salle à manger, puis se laissa tomber sur une chaise ; elle aurait voulu être seule, et pourtant la présence de Mardy la rassurait.....

Son regard se fixait machinalement sur ce visage loyal, entouré de bandeaux blancs qui allaient se perdre sous les ailes du barbichet.

Il lui sembla, durant l'espace d'un instant, que les affreuses révélations de Pascal n'étaient qu'un rêve, l'atmosphère tranquille de cette maison ne pouvait être à ce point troublée ! Tant de vies honnêtes, noblement employées, s'y étaient succédé !..... Mais elle s'éveilla à la réalité, à l'irréparable, à l'impossibilité d'être jamais la femme de Marcel Pieyrat.....

— Voulez-vous dîner, Mademoiselle ? prononça Mardy tout doucement.

Sans que Claude s'en fût même aperçue, la vieille femme avait enlevé son chapeau et relevait les cheveux épars avec un geste presque maternel. Jamais elle n'avait cessé, en dépit de la volonté de Mlle Terron, qui n'acceptait qu'on lui rendît aucun service personnel, de soigner cette belle chevelure blonde, disant simplement :

— Pourquoi ne pas continuer ?

Il fallut que Mardy répétât deux fois sa question pour que Claude l'entendît.

— Je n'ai pas faim, prononça-t-elle

Et comme la vieille servante la regardait étonnée :

— Je n'ai pas faim..... Merci....., affirma-t-elle.

Et elle ajouta, pour répondre au regard interrogateur fixé sur elle :

— Nous avons goûté fort tard au Mas Rignac.

Elle s'arrêta en venant d'articuler ce nom qui évoquait la pensée de Marcel.

Elle se leva.

— Tu peux remonter, dit-elle à Mardy. Je vais aller auprès de grand-père.

Aussitôt que Mardy eut quitté la pièce, comme à regret, Claude gagna la chambre de son aïeul.

Cette chambre était située au rez-de-chaussée, et s'ouvrait sur une terrasse, entourée de trois côtés par les bâtiments tapissés de rosiers grimpants et de vigne vierge, et donnant sur un grand jardin dont l'extrémité joignait la route.

En entrant chez son grand-père, Claude s'avança vers le lit ; le vieillard reposait, tranquille.

Ses cheveux blancs se confondaient presque avec l'oreiller, la lueur tamisée de la lampe répandait dans la chambre des tons chauds et discrets.

Chaque soir, Claude venait ainsi le regarder dormir. Elle éprouvait une satisfaction si intense à lui prodiguer, dans sa vieillesse, les soins dont il avait entouré sa petite enfance ! Elle n'avait point connu les caresses maternelles ! Il s'était tant efforcé de combler le vide, et, maintenant qu'il était devenu faible, c'était à elle d'être forte pour suppléer sa faiblesse.

La veille, avant de partir pour le bal, elle était venue l'embrasser et contempler avec une fierté joyeuse le beau visage calme et reposé du chrétien, le front élevé du travailleur, la barbe blanche du patriarche. Trois titres de noblesse !

Jusqu'alors, elle avait remercié Dieu qui laissait à l'aïeul la possession de toute son intelligence.

Hélas ! aujourd'hui ! n'en venait-elle pas à déplorer ce bienfait ! à regretter que les ombres de la sénilité ne se soient pas épaissies sur ce vieillard qui allait être si cruellement frappé.

Le Dr Terron, comme s'il eût pressenti en dormant que le regard de sa petite-fille l'enveloppait, entr'ouvrit les yeux, tendit les bras et l'attira sur son cœur.....

Il était si fier de sa belle et haute nature, de la dignité, du charme de sa grâce.....

Claude l'embrassa, puis recula peu à peu..... Si son grand-père allait s'apercevoir de son trouble, deviner qu'une angoisse l'étreignait, en soupçonner la cause ?

Avec une infinie douceur, elle murmura, craignant d'entendre le son de sa propre voix, tant elle redoutait qu'il fût singulièrement changé.

— Rendormez-vous vite, grand-père, c'est si bon de se reposer, sans cela j'aurais des remords d'être entrée chez vous.

— J'étais assoupi seulement,..... Ce soir, j'ai été plus las, plus fatigué qu'à l'ordinaire. Il m'en coûtait de me mettre au lit avant que tu ne fusses de retour. As-tu vu Mme Flaccaud, que se passe-t-il au juste ? J'ai entendu quelques mots dont on n'a pu me donner l'explication nette. Flaccaud a disparu..... C'est ce que j'ai compris.

— Grand-père, ne vous agitez pas, je vous en supplie.

— Mais ne reviens-tu pas de chez ta cousine ? Tu as été la voir en arrivant du Mas Rignac ?.....

Oh ! le premier mensonge !

Claude allait-elle donc y être forcée contre sa volonté ?

— Je ne sais rien de plus..... prononça-t-elle hésitante, que ce que j'ai appris tantôt..... ce que vous savez vous-même.

— Dans quel état est la malheureuse femme ? Si j'avais pu, moi aussi, me rendre près d'elle, lui être utile ?

— Grand-père, hélas ! vous, comme moi, seriez impuissant, inutile.....

— Cela m'étonne, chère enfant, de t'entendre parler ainsi, tu as plus de ressort quand il s'agit d'aider autrui.

— Je suis lasse, très lasse, moi aussi..... Je ne puis plus parler, ma tête est lourde.....

Le vieillard s'était redressé et avait saisi Claude au poignet.

— Tu as de la fièvre, dit-il, soudain alarmé, apporte la lampe, je voudrais voir tes yeux, je suis sûr qu'ils doivent être tout brillants.

— Oh non ! grand-père, je vous en prie..... Je voudrais aller me reposer..... tout de suite......

— Mais il faut couper l'accès..... Cette nuit la fièvre augmentera.

— L'immobilité..... c'est tout ce qu'il me faut.....

L'immobilité ! Ah ! si elle avait pu s'étendre et dormir ! Dormir pendant des jours, des semaines, des mois, ou ne plus avoir la perception des faits ?..... Fuir le cauchemar horrible par l'engourdissement total de l'esprit et du corps !

— Il y a des êtres, pensait-elle, pour lesquels à une heure donnée la paralysie est un bienfait !

Mais la vitalité de son courage se redresse contre l'abandon de soi-même..... A l'heure où la lutte devenait plus ardue, plus difficile, plus cruelle, pouvait-elle souhaiter fuir le champ de bataille ? Si atrocement complexe que fût sa situation, elle avait des devoirs à remplir, le bien à faire !..... Elle passerait entre les récifs, meurtrie, déchirée, mais elle ne se laisserait pas aller à la dérive comme une épave !..... Elle combattrait en avant de ce vieillard qui n'avait plus qu'elle au monde !

Presque plaintive, la voix du vieux docteur insistait :

— Prends au moins du sulfate de quinine, il y en a là..... dans mon secrétaire..... tu sais où est la clé.

Une somnolence se manifestait dans la lenteur de la prononciation.

— Tout ce que vous voudrez, grand-père.

— Je..... monterai..... te voir..... demain..... Ne te lève pas..... avant.....

Sa tête était retombée sur l'oreiller, et ce mot *demain* à peine distinct martelait le cerveau de Claude.

Demain.....

Elle contemple longuement le vieillard dont la respiration régulière soulevait doucement la poitrine. Elle crut que les paupières se soulevaient.....

Mais elle s'était trompée, l'aïeul reposait toujours.

Se laissant glisser sur ses genoux, Claude sanglota tout bas, la tête dans ses mains. Elle avait cru en sa force d'âme, peut-être en avait-elle été trop fière.

Demain ! Quelles terribles épreuves l'attendaient ! Que de douleurs à subir et à infliger! Que d'angoisses et de redoutables humiliations à la vue de celui qui l'avait torturée.

Demain ! ! !

. . . .

Dirait-elle tout à Marcel, lorsqu'il viendrait vers elle avec une belle lueur joyeuse dans les yeux ? Non, car, mû par un sentiment double de tendresse et de pitié, il voudrait couvrir la disgrâce qui affligeait sa vie, il voudrait la couvrir de l'honneur de son nom, de sa réputation sans tache.

Elle ne l'accepterait pas ! Elle broierait leurs deux cœurs, plutôt que de porter atteinte à l'honneur de son fiancé......

Elle songea au repos suprême dont jouissaient son père et sa mère. Pourquoi leur avait-elle survécu ? Pourquoi son âme d'enfant n'était-elle pas dans le ciel, rayonnante de glorieuse innocence, avec les leurs ?

Quand elle releva la tête, elle se rendit compte de l'oppression qui étreignait son cœur.

Ou Marcel souffrirait toute sa vie, ou bien.... il l'oublierait !

Etre oubliée ? On n'oublie pas les morts ! On n'oublie que les vivants, lorsqu'ils ne forcent pas à ce que l'on se souvienne de leur existence ! comme ce malheureux....., comme Gustave Terron...... son oncle.....

La fièvre crispait ses doigts, elle se dirigea vers la porte-fenêtre et l'ouvrit, puis, la poussant légèrement derrière elle, fit quelques pas au dehors.

La lune brillait, tandis que, du côté de l'Ouest, des nuages gris commençaient à charger le ciel.

Tout était calme et silencieux.

Mlle Terron s'avança dans le jardin. Une ombre se glissant au long d'un massif de lauriers vint se dresser en face d'elle.

Claude frémit de terreur et de dégoût, mais elle demeura à la place où elle se trouvait.

— N'ayez pas peur, Mademoiselle ! ricanait Pascal, ne suis-je pas, vous le savez à présent, un ami de votre famille ?

Ces mots déjà prononcés : « Vous êtes un misérable ! » s'arrêtèrent sur les lèvres de Claude.

Elle comprenait qu'il lui fallait, avant tout, épargner son grand-père.

Pascal reprit :

— Vous ne dites rien ? Je parie que vous pensez : Voici un homme, songez-vous, qui peut me faire du tort ! Je passe, moi, pour être taciturne ! Mais si je suis muet, je ne suis pas sourd. J'écoute ce que l'on dit. Il y a des gens qui ont dans l'idée que vous épouserez M. Pieyrat ?

— Silence ! imposa Mlle Terron.

— Eh bien ! quoi ! Est-ce dire du mal de vous et de lui ! Pourquoi « silence ! » Silence ! si vous voulez ! pour que les mauvais bruits que je pourrais répandre n'empêchent pas votre mariage ?

— Ne parlez pas de cela !

— Il faut que j'en parle, au contraire..... C'est désagréable d'avoir des parents au bagne, mais il ne faudrait pas croire non plus que vous soyez la seule à qui cela arrive, seulement mieux vaut qu'on l'ignore. Moi, je suis libre de tout conter ou de me taire. Je suis venu remplir une mission..... Que votre grand-père verse d'abord trente mille francs pour son cher fils, afin de le tirer de l'enfer où il est, puis ensuite qu'il me règle mon petit compte. Cinq mille francs pour la lettre ! Vous la détruirez si bon vous semble, et dix mille francs pour que je n'aille pas répéter ce qu'il y a dedans.....

Claude ne releva même pas cette duplicité. Elle ne concevait qu'une chose : soustraire son aïeul à l'atroce alternative de laisser son fils dans le bagne infernal ou lui donner les moyens de s'évader et..... peut-être de franchir le dernier pas qui du vol mène à l'assassinat ! à moins qu'il ne revînt les accabler de son déshonneur.....

Elle agirait seule, elle assumerait sur sa tête toutes les responsabilités, elle s'efforcerait de prévenir toute conséquence fatale. Maintenant, sa vie n'aurait pas d'autre but.

— Vous partirez, dit-elle en se tournant vers Pascal, dès que je vous aurai remis la somme que vous exigez.

Elle se détourna pour rentrer dans la maison, masquant sous sa fière allure la poignante angoisse qu'elle ressentait.

— Voilà qui est bien. Je me tairai, je vous le jure, répliqua Pascal en s'asseyant sur un banc.

Claude était rentrée dans la chambre de son grand-père, elle rabattit les volets intérieurs et tira les verrous.

Elle savait que la somme exigée par le misérable se trouvait dans le coffre-fort de son aïeul, par suite de la vente d'une ferme dont le prix n'avait pas encore été placé en rentes sur l'Etat.

Toute sa fortune personnelle se trouvait chez le banquier Flaccaud ; elle irait dès demain réaliser les sommes nécessaires et les remettrait dans le portefeuille où son grand-père serrait les valeurs en billets de banque ; elle ne se souvenait même plus, dans son trouble, de la disparition de Flaccaud.....

D'une main tremblante, elle prit le trousseau de clés posé sur un guéridon, près du lit de son aïeul.

Le vieillard ne les serrait jamais, ayant foi dans l'honnêteté de son entourage.

Une pensée terrible la frappa ; c'était elle, elle ! qui trahissait la confiance de son grand-père, elle qui allait ouvrir le coffre-fort, en retirer la somme considérable qui y était enfermée !

Un vertige s'empara d'elle ; les objets tournoyaient ; elle glissa sur les genoux, puis, peu à peu, elle se ressaisit, ouvrit l'armoire et chercha d'une main tremblante à tourner les boutons du coffre-fort pour les amener sur les lettres convenues.

Ces lettres, c'étaient les initiales de son père.....

Ses mains, instinctivement, s'étendirent et, dans le fléchissement de tout son corps, frôlèrent le sol. Ah ! si elle avait pu disparaître de ce monde !

Un frisson de fièvre la secouait et faisait claquer ses dents avec un raclement sec.

Elle se remit à l'œuvre et eut grand'peine à arrêter les lettres, enfin elle tourna la clé, ouvrit la porte du coffre et, du bout de ses doigts énervés, compta les billets.

En cet instant, elle entendit un léger bruit, et, se retournant, regarda avec anxiété du côté du lit. Le vieillard avait changé de position..... et s'agitait.....

— C'est toi, enfant ! murmura-t-il. Que fais-tu ?

Défaillante, Claude, hachant les syllabes, répondit, la voix blanche :

— Je cherche..... le sulfate de quinine..... comme vous me l'avez dit.....

Et un rictus lui tirait la bouche.

— Et moi aussi je suis une voleuse, songeait-elle égarée, moi, la nièce du forçat !

Son cerveau s'emplissait de bruits étranges, elle perdait l'exacte notion des faits.

Les larmes coulèrent enfin, abondantes, la soulageant.

Elle joignit les mains.

— Mon Dieu, pria-t-elle à mi-voix avec un accent déchirant, mon Dieu, vous savez que c'est pour la paix de ses derniers jours que je m'avilis ainsi.....

La respiration haletante devint plus régulière et l'apaisement se fit progressivement.

— Demain, j'aurai remis ici même la totalité de cette somme! Mais c'est pour l'épargner que j'ai fait cela ! Je ne suis pas coupable, ma pauvre tête éclatait sous la violence du coup.

Elle attacha les billets ensemble et retourna dans la cour.

Pascal attendait, les bras croisés, l'attitude insolente ; il se leva :

— Je commençais à croire que vous ne viendriez pas ! dit-il goguenard.

Cédant à son indignation, Mlle Terron jeta devant lui la liasse de papiers.

— Ramassez-les ! dit-elle, voici le prix de votre silence !

— Il y a là *autre chose* que le prix de mon silence ! railla Pascal en relevant le paquet, puis, dénouant la ficelle, il compta avidement.

Une expression de souverain mépris passa sur les lèvres de Claude.

Ce forban la croyait capable de chercher à le tromper !

— Partez tout de suite, dit-elle, quittez Saint-Meslin cette nuit même.

— Je n'y manquerai pas, répliqua Pascal, j'ai hâte d'aller

porter à Monsieur votre oncle des nouvelles de sa famille !

Claude rentrait dans la maison. Ces derniers mots firent monter le sang à son visage affreusement pâle ; elle referma la porte sans répondre.

VIII

Le banquiste Akantaros avait eu tant d'occupations diverses pendant la matinée, qu'il ne s'était pas aperçu de l'absence de Ragel.

Une idée roulait dans sa tête, et comme il était homme à ne jamais surseoir à l'exécution d'un plan, il se mit de bonne heure au travail.

Il voulait composer une affiche sensationnelle en vue de la prochaine représentation.

Ce saltimbanque maniait adroitement le crayon et le pinceau. C'était un dévoyé qui eût pu gagner honorablement sa vie plutôt que d'exploiter ses semblables en les livrant à d'écœurantes exhibitions. Il avait battu la semelle sur tant de trottoirs et sur tant d'asphaltes, qu'il eût été difficile de reconstituer son histoire.....

Akantaros commença par tendre une toile bise sur un vieux châssis et colla dessus deux larges feuilles de papier, après avoir allongé un coup de pied au petit Funny qui avançait timidement son pauvre museau affamé vers la casserole de terre qui contenait la colle ; le banquiste retroussa les manches de sa redingote (il affectionnait ce vêtement de rentier) et s'installa entre un pot de peinture bleue et un autre de peinture rouge.

Il commença par tracer en lettres contournées qui ne pouvaient être classées dans aucune catégorie d'écriture :

Débuts de Mlle Divette dans le rôle de charmeuse de serpents. Réapparition surprenante de l'intrépide dompteur Ragel.

Les marges étaient réservées à l'illustration fantaisiste de ces deux numéros : Ragel transformé en acrobate, et Divette, considérablement élargie, tendaient les bras pour recevoir Sapor, promu au rôle de serpent volant.

Au-dessous du portrait de ces protagonistes, des dessins alternaient, teintés de rouge et de bleu, s'étageaient en diminuant d'ampleur et de netteté.....

Akantaros était absorbé par l'exécution d'un pareil chef-d'œuvre ; de temps à autre, tenant ses pinceaux avec une artistique désinvolture, il se renversait sur sa chaise et contemplait son travail avec un air approbateur. Il fut arraché à son labeur et à son admiration par les exclamations réitérées d'Artémise, sur lesquelles se détachaient, en voix de fausset, les interjections véhémentes que Moineau puisait dans son vocabulaire faubourien.

Ayant une corvée à faire, tous deux avaient appelé Ragel sans recevoir aucune réponse.

Mécontent d'être ainsi troublé au milieu des inspirations de son génie, Akantaros leur demanda avec colère pourquoi tous deux hurlaient de la sorte, et, après leur réponse, il se remit au travail en déclarant :

— Eh bien ! s'il est parti, il reviendra !

— Et s'il ne revient pas ? rugit Artémise..... On ne sait pas ce qu'il y a de malice noire dans l'esprit d'un bossu.....

Puis, après un silence, elle ajouta :

— Il se sera sauvé ! car tu le maltraitais souvent.....

Akantaros jeta brusquement ses pinceaux de côté.

Cela était vrai, après tout, très vrai ; seulement il n'avait jamais songé jusqu'alors que Ragel pût penser, non pas à la vengeance, mais à l'évasion !

Il fallait, cependant, avant de le chercher, s'assurer que le pitre n'était pas endormi dans un coin.

Akantaros rentra dans la baraque et remua avec fureur les misérables accessoires, tandis que le malheureux Funny donnait à la colle abandonnée des coups de langue frénétiques.....

Ce fut en vain que le banquiste perquisitionna dans tous les coins en vociférant des plaintes amères contre l'ingratitude de Ragel qui mangeait son pain et le quittait alors que ses talents pouvaient le rendre utile.

Pendant tout ce temps, Divette s'était pelotonnée comme un chat maigre dans un angle obscur, se faisant encore plus petite que la nature ne l'avait créée, tirant avec assiduité une aiguillée de fil avec laquelle elle raccommodait un de ses vêtements.

Elle redoutait d'être questionnée.

Que dirait-elle ?

Il lui était égal de mentir, car elle n'avait pas plus la notion de la religion que la notion de la morale la plus élémentaire..... celle dont les peuplades sauvages ne sont pas dépourvues, mais dont les parias de la civilisation manquent quelquefois totalement..... Elle avait seulement la crainte de se trahir elle-même et de laisser découvrir la part qu'elle avait prise dans la fuite de Ragel et la disparition du serpent qui, tôt ou tard, serait découverte à son tour.

Heureusement pour elle, Akantaros ne l'aperçut pas et ne songea nullement qu'elle pût être en mesure de le renseigner.

Le banquiste, après avoir erré comme un furieux, se calma et réfléchit.

Rattraper le fugitif à tout prix était l'unique solution ! Akantaros se rendit chez le commissaire de police. Ce fonctionnaire le reçut assez mal. Que venait-on lui raconter ? Qu'était cette histoire de pitre en bordée auprès de la disparition du banquier Flaccaud et l'agitation qui en résultait dans Saint-Meslin !

Tout à coup, le magistrat se frappa le front. Une idée surgissait ! En somme, avec quelques efforts, il pouvait signaler sa clairvoyance et donner des preuves d'une incontestable habileté.

Le commissaire Mandru s'ennuyait ferme à Saint-Meslin. Il était ambitieux, disposé à l'emballement. Il savait qu'en matière de police deux affaires, qui paraissent tout à fait différentes au premier abord, peuvent être connexes. La disparition du pitre coïncidait avec celle de M. Flaccaud. Si extraordinaire que cela parût, l'une pouvait expliquer l'autre. Dans la réalité des faits, n'est-ce pas souvent l'invraisemblable qui est le vrai ?

— Venez demain à la première heure, dit-il à Akantaros, j'aurai certainement quelque chose à vous apprendre : on suit plus aisément la trace d'un bossu que la trace d'un homme bâti comme tout le monde !

— Demain ! s'écria Akantaros, demain ! mais il sera trop

tard ! C'est aujourd'hui même, avant la représentation, qu'il me faut retrouver ce pitre de malheur ! Vous avez des agents pour le chercher, le retrouver et me le ramener ? Si je fais relâche ce soir, les habitués iront ailleurs.

Le commissaire haussa les épaules et se remit à écrire.

Akantaros resta encore pendant quelques instants, puis, voyant qu'il n'obtiendrait plus rien, s'en alla en maugréant :

— Si on ne le rattrape pas aujourd'hui, on a encore moins de chance de le rattraper demain ! La police a de bonnes jambes quand elle court après vous ! Mais quand il s'agit de faire courir après les autres, elle est boiteuse et même paralysée.....

Une partie de ces réflexions laissait entrevoir que le banquiste avait eu quelques mésaventures dans lesquelles la police avait joué un rôle important !

Le fait est qu'il n'avait jamais envisagé la magistrature que d'un seul côté, qui n'était pas le meilleur..... La vue d'un tricorne de gendarme, même quand celui qui en était coiffé venait assister à ses représentations avec femme et enfants, en bon père de famille, lui causait toujours un frisson désagréable.

Cette fois, il avait éprouvé un sentiment de fierté à comparaître devant M. le commissaire en qualité de plaignant ; mais, le premier effet de cette jouissance passé, il trouvait que l'on respirait mieux en plein air..... En arrivant sur l'esplanade, Akantaros vit toutes les baraques, sauf la sienne, débarrassées des toiles qui en masquaient l'entrée ; les parades commençaient.

Les bruits d'appel, les cris discordants, le tapage des tambours et des instruments aigus, tout ce grouillement, ce brouhaha de la foire qui avait été jusque-là une douce harmonie pour les oreilles du banquiste, grinçaient à présent mille choses désagréables, renouvelaient ses colères contre le délinquant.

Si, en ce moment, Ragel se fût présenté, Akantaros lui eût-il sauté au cou dans le paroxysme de sa joie, ou l'eût-il étranglé dans l'excès de sa fureur !

La vue d'Artémise et de Moineau, qui, lorsqu'il rentra, mangeaient et buvaient avec avidité, achevà de l'exaspérer ; il creva d'un coup de pied l'affiche si laborieusement préparée.

— Est-ce assez bête, clama la grosse jongleuse. On pouvait promener cette pancarte, ce qui eût attiré du monde ! Puis, une fois tous les gens casés, ayant payé leurs places, tu aurais annoncé que Ragel était tombé malade subitement. Cela se fait comme cela, au grand opéra !.....

Et nous aurions joué une pantomime.

Akantaros leva les épaules, et enfonça son chapeau sur ses yeux.

— Il n'existe pas de pantomime où il y ait un rôle pour la tour de Babel ! grommela-t-il...

Il resta quelques instants les bras croisés, la tête basse, puis, relevant son chapeau d'un coup de poing, il s'écria :

— J'ai trouvé ! Autrefois, je travaillais dans Guillaume Tell ! La cible vivante ! J'ai encore l'arc et les flèches dans une caisse. Je placerai une pomme sur ta tête, Artémise ! Et toi, Moineau, tu te chargeras de Sapor !

Artémise et Moineau devinrent blêmes, puis passèrent vite de la terreur à la révolte.

— Je me plaindrai ! j'en appellerai à la justice ; je tiens à ma pauvre existence, après tout ! hurlait Artémise.

— Pas de bêtises ! nasilla Moineau ; si tu me donnes ton serpent à garder, je le lance sur le public !

Akantaros se sentit intimidé. Il torturait les faibles, mais reculait devant l'émeute.....

Il capitula, et se mit à recoller l'affiche tant bien que mal.

Moineau la promena sur l'esplanade, au bout d'un bâton, lança de sa voix pointue, en exagérant encore son accent faubourien, quelques phrases de boniment, tandis que les deux époux préparaient la baraque pour la représentation.

Il y eut salle comble.....

Mais la déception ne se fit pas attendre.

Le public jugea bientôt que le spectacle ne tenait guère ce qu'il promettait, et devint assez vite gouailleur et provoquant. Tandis qu'Artémise jonglait, la tête à demi renversée, son énorme nez plafonnant outrageusement, un loustic fit remarquer :

— Et autrement ! on dirait la trappe d'un grenier à foin !

Les rires fuselèrent, la grosse femme devint écarlate.

Akantaros, qui tenait à exhiber Sapor, dut se résoudre au rôle de dompteur, car Divette gisait dans un coin, enfiévrée de terreur, incapable de faire un mouvement, malgré les menaces dont elle était accablée par les deux époux. Tandis que Moineau se chargeait de faire prendre patience à la salle un peu houleuse, le banquiste se dirigea vers la boîte dans laquelle logeait le reptile. Il se rappela tout à coup que l'animal avait été fort négligé, et qu'il était prudent, avant tout, d'apaiser sa faim.

Akantaros alla donc chercher un lapin vivant dans sa réserve, et, s'approchant du coin sombre dans lequel dormait le serpent, enleva le couvercle de la boîte, écarta les couvertures..... et poussa un effroyable juron.....

Le serpent avait disparu.

Akantaros lâcha le lapin qui, tout effaré, s'enfuit sur la scène, aux applaudissements du public.

Ce fut le seul numéro de la soirée qui obtint un succès !

Artémise accourut au cri du banquiste, et déclama dès qu'elle sut ce dont il s'agissait :

— C'est ce voleur de Ragel ! Il l'aura emporté.....

— Il en avait trop peur ! repartit le banquiste. Quelqu'un se sera faufilé ici et aura ouvert la boîte. Pourvu qu'on n'ait pas tué la bête, malheur !

— Écoute, prononça la jongleuse. Ils crient ! La marée monte..... Demain nous aurons salle vide après les mauvaises farces d'aujourd'hui.....

Amorti par les toiles, un battement de pieds et de cannes arrivait jusqu'à eux.

— Le serpeing ! le serpeing ! criait-on, avec cette intonation aiguisée des finales que le vent du Midi refoule jusqu'en Limousin.

Le crescendo s'accentuait. Akantaros, tout tremblant, tête baissée, parut sur la scène.

— Mesdames, Messieurs, commença-t-il.....

Son attitude le dispensa d'en dire davantage.

— Le serpeing ! le serpeing ! criait-on de toutes parts.

— Il s'est échappé, bien sûr ! cria une voix de femme.

— Et autrement, le voilà dans ce coin ! vociféra un grand gaillard qui, tout d'abord, se moquait des autres et finit par être gagné par la peur qu'il voulait inspirer au public.

Ce fut bientôt un tumulte épouvantable, les banquettes craquaient sous le poids des gens qui s'y croyaient plus en sûreté et s'en faisaient un chemin pour gagner la porte.

A tout instant, on entendait les cris de ceux qui croyaient, à chaque frôlement d'étoffe, sentir le contact visqueux du reptile et achevaient la déroute par leurs hurlements d'effroi.

En vain, Akantaros essaya-t-il, par ses protestations, de calmer la foule, on menaça de lui faire un mauvais parti. Il jugea prudent de se retirer dans la coulisse.

Un quinquet s'étant brusquement éteint, une voix clama que l'on éteignait les lumières pour voler les porte-monnaie.

Artémise et Moineau battirent également en retraite et se cachèrent derrière les caisses, près de Divette, qui tremblait.

Sur l'esplanade où la foule était compacte, la nouvelle se répandit ; le public des autres baraques entendant la rumeur crut à un incendie.

Lorsque tout le monde fut au courant de ce qui se passait, chacun se crut, en particulier, poursuivi par le reptile, et la bousculade recommença avec plus de violence encore.

Après une pareille aventure, et devant le tolle général des autres forains, il n'y avait qu'un seul parti à prendre, plier bagage pendant la nuit et décamper avant le jour.....

Akantaros, Artémise et Moineau empaquetèrent avec tant d'ardeur qu'ils n'eurent pas le temps de se quereller.

A 4 heures du matin, les deux maigres chevaux étaient détachés de leurs piquets et attelés aux voitures.

Artémise monta dans la première ; on coucha Divette dans la seconde. Akantaros et Moineau, le fouet à la main, marchaient à côté de chacun des chevaux.

Au départ, le malheureux Funny, qui avait été oublié totalement, apparut, la mine plus piteuse et plus modeste que jamais, et se faufila derrière les voitures, la queue entre les jambes.

Akantaros l'aperçut.

— Ah ! te voilà, hurla-t-il, propre à rien, qui n'es même pas venu faire tes tours, hier soir ! Tu payeras pour l'autre !

Il allongea au pauvre chien un coup de fouet qui lui arracha un hurlement de douleur.

Moineau en lança un second, puis, prenant goût à cet exercice, les deux bourreaux arrêtèrent les voitures à l'entrée de la ville, et cinglant tour à tour la malheureuse bête, ils se la renvoyaient impitoyablement l'un à l'autre comme une balle.

— Jette-le donc sous les roues ! pour en finir ! cria Artémise.

Moineau saisit Funny, le jeta rudement au milieu du chemin, puis il prit la bride du cheval. Plus humain que l'homme, l'animal, tout vieux qu'il était, fit un brusque écart.

Le chien, incapable de se soulever, essaya de se traîner de côté, il pressentait le danger et lança un regard humide et désespéré vers ses persécuteurs.

D'un coup de pied, Moineau le rejeta sous la roue, et, tirant violemment sur la bouche du cheval, le fit passer sur le corps de la misérable bête qui poussa un gémissement plaintif.

Akantaros saisit Funny par la peau du cou et le lança contre le mur d'un jardin d'où retombaient de longues traînées de lierre et d'églantines.

— Est-il bien mort ? cria Artémise en se penchant.

— Il ne bouge plus, déclara-t-il. A présent, marchons !

En se rapprochant de la voiture, il aperçut, sortant à demi de la poche d'Artémise, une enveloppe dont il s'empara prestement.

— Qu'est-ce que cela ? interrogea-t-il.

La grosse femme, souvent réprimandée pour ses omissions, balbutia :

— J'avais oublié..... On a apporté cette lettre hier quand tu étais chez le commissaire.....

Déjà Akantaros déchirait l'enveloppe. Cinq billets de cent francs en tombèrent ; une feuille de papier, contenant ces seuls mots, les accompagnait :

Demain, à 8 heures du matin, j'enverrai une personne chercher votre chien Funny. On vous remettra la même somme si vous le livrez en bon état.

Akantaros ramassa les billets et jeta l'enveloppe à la tête d'Artémise :

— Imbéciles que vous êtes, toi et Moineau ! s'écria-t-il. Pourquoi avez-vous tué Funny ? Voilà un mylord qui me l'aurait payé dix fois ce qu'il valait ! Pauvre chien ! Faut-il qu'il y ait au monde des êtres aussi méchants, aussi stupides !

Et, après un silence, il reprit :

— Il est tout de même singulier, ce Monsieur qui m'envoie tant d'argent ! Je parie qui si je les lui avais demandés sur parole, il aurait refusé de me les prêter..... Il y a là-dessous quelque chose que je ne comprends pas..... Pauvre Funny, va ! Si j'avais su plus tôt que tu valais tant d'argent !

Et, faisant claquer son fouet, il cingla du même coup les épaules d'Artémise qui hurla, et l'oreille de Moineau, qui se retourna en lui montrant le poing.

IX

Après une longue insomnie, Claude s'endormit enfin d'un sommeil lourd qui ressemblait plutôt à un évanouissement prolongé.

Il était plus de 9 heures lorsqu'elle se leva et s'habilla machinalement.

Elle n'avait pas songé à regarder la pendule. Tout semblait s'être aboli dans son cerveau.

10 heures sonnèrent et la réveillèrent de la sensation de lourdeur qui laissait place à une souffrance obtuse encore.....

10 heures ! Soudain, elle eut la conception nette de ce qui allait se passer, du choc douloureux qu'il était trop tard, à présent, pour empêcher.....

Un coup de sonnette retentit.

Marcel ..... Quand elle descendrait, il serait en présence de son grand-père, il lui aurait déjà demandé sa main.....

Elle maudissait ce sommeil qui ne lui avait pas permis de supplier Pieyrat de retarder sa visite, tandis qu'elle aurait cherché des prétextes pour reculer l'heure fatale.

Tout cela lui vint à l'esprit en l'espace d'une seconde, au milieu d'un calme plus effrayant que son désespoir de la veille.

Mais, peut-être, le D' Terron n'avait-il pas reçu Marcel tout de suite ?

Celui-ci pouvait être seul dans le salon. Il était temps encore! Elle allait subir des questions pressantes sur les causes de son inexplicable revirement, et, plus que des reproches, des supplications ! Et elle devrait garder ce terrible silence qui serait l'éternelle barrière dressée entre elle et son fiancé!..... Mais son grand-père ignorerait qu'elle avait refusé le bonheur ! Elle lui épargnerait tout chagrin et tout soupçon.

Elle acheva en hâte de s'habiller et descendit rapidement l'escalier ; la porte de la maison venait de se refermer. Mardy tenait une lettre à la main et la lui présenta.

Claude la prit, déchira l'enveloppe sur laquelle elle avait reconnu l'écriture d'Agnès.

Dépliant la lettre d'une main que l'anxiété faisait trembler, elle la lut hâtivement.

La première page était signée Marcel. Il suppliait Mlle Terron de l'attendre le lendemain à la même heure.

Désespéré de ne pas venir auprès d'elle, il avait dû néanmoins partir pour Limoges où l'appelait un ami qui le réclamait au plus vite..... Il s'agissait de graves intérêts de fortune, plus encore, d'une accusation calomnieuse.

Agnès avait ajouté quelques mots. Ne doutant pas que le déjeuner ne fût remis au lendemain, son mari et elle avaient retardé leur départ de quelques heures.

Claude poussa un soupir ; dans sa douleur, elle éprouvait un soulagement... C'étaient vingt-quatre heures de répit..... mais aussi vingt-quatre heures pendant lesquelles les espoirs de Marcel se prolongeaient pour aboutir, hélas ! à la déception finale.

Mlle Terron essayait, en vain, de cacher son trouble aux yeux de la vieille servante qui s'était arrêtée en face d'elle et cherchait avec insistance à rencontrer son regard, et n'osait l'interroger.

Claude, au lieu d'entrer tout de suite dans la chambre de

son grand-père, se rendit au jardin : elle *voulait* être seule, essayer de rassembler ses pensées......

Elle eut un frémissement instinctif en longeant le bosquet d'où Pascal était sorti la veille.

Elle marcha d'abord, la tête baissée, un étrange bourdonnement se produisait dans son cerveau, où elle ne parvenait pas à ramener le calme.

Toutes les choses prenaient autour d'elle un aspect inaccoutumé. Les arbustes, les grands arbres, les massifs de fleurs, le gazon qui recouvrait la terre, même le ciel bleu lui semblaient enveloppés d'une lueur terne, blafarde.

Le mur enguirlandé de plantes grimpantes lui donnait l'impression obstinée d'un mur de cimetière......

Elle s'assit sur un banc, à l'extrémité du jardin, une faiblesse gagnant peu à peu tous ses membres.

Quelques instants s'étaient à peine écoulés qu'elle entendit un petit gémissement très doux, coupé de râles d'agonie.

Claude releva la tête et écouta.

Le son venait du chemin dont le mur seul la séparait.

Toute plainte semblait répondre à l'état de son esprit, être l'écho de ce qui se passait en elle !

Elle demeurait immobile, puis tout à coup, elle eut la notion précise de la souffrance d'une créature à qui elle pouvait porter secours. Elle se leva, et, ouvrant une porte qui donnait accès au dehors, elle aperçut un petit corps blanc et brun étendu au pied de la muraille.

Des yeux mourants et pleins d'angoisse, un léger frémissement de la poitrine indiquaient seuls un reste de vie.

De longues traînées de sang rougissaient les cailloux sur lesquels le malheureux chien avait été jeté.

Claude se pencha, écarta les longs poils, aperçut de larges plaies semblables à des coupures, et les examina tout en caressant doucement la pauvre bête épuisée.

— A qui est ce chien ? se demandait-elle. Que lui est-il arrivé pour qu'il se trouve dans un pareil état ?

Elle prit avec précaution l'animal dans ses bras et l'emporta vers la maison.

— A soulager cette souffrance, il me semble que je souffrirai moins, murmurait-elle.

Comme elle traversait la cour, elle entendit la voix du D' Terron qui l'appelait :

— Que portes-tu donc là, chère fille ?

Claude, sans répondre, écarta les battants de la porte-fenêtre, déposa le petit chien sur un fauteuil, près de celui de son grand-père, et, brièvement, conta comment elle avait trouvé l'animal blessé.

— Je n'ose pas te demander une consultation pour cette pauvre bête, dit-elle, câline.

Elle le tutoyait ainsi quand elle voulait obtenir quelque chose de lui.

M. Terron répondit tendrement :

— Tu sais bien, dit-il, que tu n'as même pas besoin de me prier.

Puis, la regardant :

— Qu'as-tu donc ? Tu n'es pas aujourd'hui comme de coutume.

— C'est la vue de tout ce sang ! répondit Claude en s'agenouillant pour caresser la tête du petit chien, mais surtout pour dissimuler son visage.

— Grand-père, interrogea-t-elle, crois-tu pouvoir le sauver ?

Le vieux docteur palpa l'animal blessé, qui se plaignait tout bas en levant les yeux vers lui avec reconnaissance.

— Il est bien malade ! dit-il enfin, peut-être, cependant, pourrai-je le guérir. Ce sera mon dernier client ! ajouta-t-il avec un sourire mélancolique.....

Installe-le dans une corbeille moelleuse et replace-le sur ce fauteuil, puis, après m'avoir donné mon buvard pour que je puisse rédiger une ordonnance, tu appelleras Arsène ou Pascal, le moins occupé des deux, pour qu'il se prépare à aller chez le pharmacien.

Les lèvres de Claude se serrèrent l'une contre l'autre, elle pencha la tête davantage encore.

— Il faut, dit-elle, que je vous rende compte d'une chose fort ennuyeuse. Pascal s'est montré, hier soir, tellement.....

malhonnête vis-à-vis de moi que j'ai dû le renvoyer de suite. Je n'ai pas voulu vous réveiller pour vous demander votre avis.

—— Tu as agi avec beaucoup de précipitation, mon enfant ; tu devais t'en tenir d'abord à une observation ferme et digne. Cet homme possède d'excellents certificats, il avait perdu le peu qu'il avait gagné avant d'entrer ici. Je ne reconnais là ni ton bon cœur ni ton bon sens.

Claude pâlissait sous la réprimande. Elle n'avait pas prévu les reproches. Ceux-ci, si mesurés qu'ils fussent, étaient pour elle une part de l'épreuve !

— Donne-moi au moins des détails sur ce qui s'est passé ? reprit M. Terron, et raconte- moi ta journée au Mas Rignac, ce que tu as omis de faire.

Claude s'était relevée et demeurait immobile, rivée au fauteuil sur lequel elle s'appuyait ; les idées fuyaient de son cerveau à mesure qu'elle cherchait à les y concentrer..... Une seule y demeurait : elle allait mentir..... plus complètement encore que la veille..... Enfreindre la loi divine..... ou révéler à son grand-père la terrible vérité.....

Mentir !

Elle qui, enfant, était venue, après chaque faute commise, cacher sa tête blonde sur l'épaule de son grand-père, lui faire à voix basse ses aveux et lui dire ses remords !

L'alternative exacerbait tout son être. Et même, ce mensonge ! Elle ne le trouvait pas. A l'entrée de cette voie misérable, elle restait annihilée. Au fond de son âme, elle priait, sans que sa prière eût une autre forme que celle-là même de sa détresse !

La Providence eut pitié d'elle.

La porte s'ouvrit..... Le vieil Arsène introduisait un ami du docteur, tout préoccupé du grand événement de la veille, la disparition de Flaccaud.

La rumeur d'une faillite commençait à se propager.

Mme Flaccaud et sa belle-mère refusaient leurs portes, les employés de la banque faisaient d'évasives réponses.....

Le vieillard fut très saisi de ce qu'il venait d'apprendre. Bien que Flaccaud lui fût peu sympathique, il avait su lui inspirer

une certaine confiance au point de vue financier. La fortune
de Claude était placée chez lui.....

Du côté maternel, la jeune fille avait quelques intérêts com-
muns avec Mme Flaccaud, sa cousine issue de germaine.

En discutant avec son ami, tous-deux tiraient des conclu-
sions discrètes qui alarmaient la sollicitude de l'aïeul.

L'événement, néanmoins, était trop récent encore pour qu'il
fût possible de préjuger ses conséquences d'une manière certaine.

Et y avait-il vraiment derrière cette disparition mystérieuse
une banqueroute totale avec ses suites désespérantes, ou le
financier avait-il été victime d'un vol et d'un assassinat ?.....

Claude écoutait, silencieuse, tout en soignant le pauvre
chien, d'après les indications de son grand-père.

Que deviendrait-elle, si elle venait de perdre sa fortune ?
Comment restituer la somme dont elle avait payé à la fois le
départ immédiat de Pascal et la liberté du malheureux qui
imprimait une tache sur son nóm, et qui, sorti de l'enfer du
bagne, lui apporterait peut-être de nouveaux tourments ?

X

Si Marcel Pieyrat eût regardé plus longuement dans le jardin
où travaillaient les deux hommes qui l'avaient vu jeter le serpent à l'eau, ou plutôt la couverture entourant le serpent, il
aurait remarqué un troisième personnage, qui, malheureuse-
ment, ne lui était que trop connu.

On l'appelait dans le pays « le sorcier du Thaurion ».

Il avait habité jadis une sorte de grotte, à moitié creusée par
la nature, à moitié par la main des hommes et située dans les
gorges agrestes du Thaurion, un peu au-dessus du point où,
bondissant sur des roches plates, le cours d'eau se précipite sur
la rive droite de la Vienne.

Le pays était peu fertile, les coupes étaient pauvres, il fallait
parcourir de grandes distances pour aller d'une métairie à
l'autre, traverser les landes désertes pour un maigre bénéfice ;
le sorcier se rapprocha de Saint-Meallin, et s'installa dans une

cabane bâtie sur le versant d'un petit ravin, dominant la route d'Eymoutiers, non loin des premières maisons de Joblac.

Le sorcier acquit rapidement une grande influence autour de lui.

S'il vendait assez cher ses rares philtres bienfaisants, il tirait encore meilleur parti de ses fréquents maléfices.

On lui donnait la dîme pour qu'il ne jetât de sort ni sur les gens, ni sur les animaux, ni sur les récoltes.

En quelques jours, un ruisseau fourmillant d'écrevisses avait été empoisonné, le troupeau d'un colon avait été décimé par un mal inexplicable. Et tout ceci, disaient les gens du pays, était produit par une simple parole du redoutable personnage.

Le colon, peu crédule, suffisamment instruit, se fit un devoir d'en référer à la justice ; il avait choisi Marcel Pieyrat pour son avocat.

Celui-ci plaida non seulement la cause de son client, mais celle de tous les terrorisés qui n'avaient pas osé se plaindre.

Le sorcier avait été condamné à deux années de prison.

Il avait terminé sa peine depuis quinze jours, bien résolu à renouveler ses agissements et prêt à saisir la première occasion de prendre sa revanche !

Il avait guetté le colon sans parvenir à tirer vengeance de lui.

Il n'en serait pas de même de l'avocat ! Les circonstances servaient à souhait la rancune du condamné.

Le sorcier du Thaurion, en train de compter l'argent que venaient de lui remettre les jardiniers pour qu'il détournât le mauvais sort de leurs plants de fraisiers, n'avait rien perdu de ce qui se passait sur le bord de la Vienne, tout en feignant de n'y point prêter attention.

— Qu'est-ce qu'il fait donc là, M. Pieyrat ? avait dit un des deux hommes, en s'appuyant sur sa bêche.

— Il jette un gros paquet à l'eau. Et autrement, un petit bossu qui l'aide ! C'est drôle, tout de même !

Le sorcier avait relevé la tête et fixé son regard brillant sur le cultivateur, comme s'il eût voulu l'hypnotiser, et, caressant sa longue barbe d'un geste majestueux :

— Eh ! sais-tu ce qu'il y a dans ce paquet ? interrogea-t-il.

— Je n'ai pas d'assez bons yeux pour cela.

— Je n'ai pas de meilleurs yeux, répliqua le sorcier, mais je le sais......

Les deux jardiniers le contemplaient avec admiration.

— Oui, reprit le sorcier, je vois très distinctement l'objet qu'enveloppe cette couverture, c'est une forme humaine.

Et, comme les deux paysans poussaient une exclamation d'effroi, le sorcier reprit avec assurance.

— Il ne faut pas croire à la vertu de M° Pieyrat ! Vous avez pu voir comme moi l'individu bizarre et diabolique qui est avec lui...... C'est ainsi que l'on se débarrasse des gens qui vous gênent ou que l'on n'aime pas ! quand on fréquente le Mauvais.

— M. Pieyrat est pourtant si bon, murmura entre ses dents un des travailleurs.

— Bon ! ricana l'homme à la longue barbe...... Bon pour certains ! Mais il m'a fait jeter en prison, moi, qui ne lui ai jamais fait de mal. Maintenant, il en jette un autre à l'eau ! D'ailleurs, je vous le confie, le Mauvais est entré en lui depuis que j'ai prononcé des paroles. Il peut accomplir à présent des crimes qui, autrefois, l'auraient rempli d'horreur rien que d'y penser !

L'autre paysan, plus avisé, reprit :

— Quand on veut assassiner quelqu'un, on se cache mieux qu'il ne l'a fait.

Le sorcier serra les lèvres.

— Sans doute, grommela-t-il, M. Pieyrat se' croyait bien caché...... En tout cas, il est assez riche pour acheter le silence de ceux qui l'ont vu.

Les deux hommes levèrent la tête, les yeux brillants de convoitise. Leurs regards et leurs pensées se rencontrèrent.

Le sorcier, bien persuadé qu'il avait touché juste et que mieux valait n'en pas dire davantage, se retira en prononçant quelques invocations aux bons esprits auxquels il désignait les plants de fraisiers, par un geste bizarre et mystérieux......

Le lendemain matin, le commissaire de police de Saint-Meslin trouva dans sa boîte aux lettres une enveloppe couverte d'étranges cachets de cire noire.

Il les fit sauter, déplia la missive qui y était contenue et lut
une dénonciation contre Marcel Pieyrat : le récit de l'événement
de la veille et le nom des deux cultivateurs, témoins à charge ;
le billet se terminait par cette phrase lourdement insidieuse :
« On sait que l'avocat Pieyrat n'aimait guère le banquier
Flaccaud, et celui-ci ne revient pas…… Il ne reviendra jamais. »

XI

Une foule de combinaisons insensées, d'irréalisables projets,
roulaient encore, poussés par un véritable vent de folie, dans la
tête de Claude. La crise dura peu de temps.

La saine raison, la belle énergie prirent le dessus, et, après
avoir longuement réfléchi, en pleine possession de soi-même,
Claude s'arrêta à un moyen très simple. Pour gagner du temps,
écrire à la sœur de Marcel que le D' Terron, plus fatigué que
de coutume, ne pourrait recevoir personne avant deux ou trois
jours.

Elle eut cependant, en prenant la plume, un instant d'hésitation.

Marcel n'allait-il pas la croire froissée du retard involontaire
mis à venir solliciter la promesse de son bonheur ?

Non, Marcel avait l'esprit trop large, trop haut pour soupçonner en elle une pareille petitesse.

Elle pria, implorant la force de supporter le choc douloureux !
Elle implorait non seulement pour elle, mais pour celui dont
elle allait briser le cœur et la vie tout entière.

Elle se remit entre les mains de Dieu qui lui inspirerait, au
moment voulu, les paroles qu'elle devrait prononcer !

Elle allait tracer les premiers mots de la lettre destinée à la
jeune femme, lorsque la porte de sa chambre s'ouvrit doucement,
et Agnès elle-même parut sur le seuil.

A peine la vieille Marthe qui l'avait introduite, eut-elle
refermé la porte qu'Agnès se jeta en sanglotant dans les bras
de Claude.

Celle-ci la regarda, stupéfaite. La jeune femme avait-elle
tout appris ? Pascal aurait donc divulgué le redoutable secret ?

— Marcel a voulu que je vinsse vers vous tout de suite, articula Agnès, et que ce fût moi qui vous apprenne......

Elle ne put achever.

— Quoi donc ? s'écria Claude, épouvantée.

Quel nouveau malheur avait donc frappé celui que, depuis si longtemps, elle considérait comme son fiancé ?

— Marcel est reparti..... ce matin..... pour Limoges, continuait Agnès, haletante.

Claude respira..... Elle avait entrevu l'horrible solution d'une catastrophe : Marcel mourant..... ou mort.....

Elle regardait Mme Albert Max, dont la douleur éclata, tout à coup, dans un spasme.....

— Ils l'ont emmené en prison..... en prison..... comme un malfaiteur, un criminel.

En prison! comme un criminel! Ces mots résonnèrent étrangement aux oreilles de Claude, écho de la pensée qui la harcelait sans trêve.....

De qui parlait-on ? d'un malfaiteur, d'un criminel ? De l'homme dont l'existence allait être désormais pour elle une continuelle menace d'épreuves et de tourments, et consommait la rupture de son union avec Marcel !

Mais non ! c'était de Marcel lui-même que l'on parlait ainsi !

Quelle aberration mettait donc de telles paroles dans la bouche d'Agnès? Les avait-elle entendu réellement prononcer?

La jeune femme reprit, la voix entrecoupée :

— Ils disent que Marcel !..... Mais c'est tellement inique, nul ne peut les croire !

— Parlez..... Parlez vite ! priait Claude.

— Ils l'accusent d'avoir assassiné le banquier Flaccaud !.....

Claude, stupéfiée, ne pouvait trouver les mots qui exprimaient sa pensée.

Marcel ! accusé d'un meurtre !

Elle releva enfin son front baissé.

— Non, non, murmura-t-elle, ceci ne peut être qu'un horrible cauchemar.

Agnès joignit les mains :

— Hélas ! prononça-t-elle accablée, c'est une affreuse réalité !

Claude l'entraîna vers un sofa placé à l'angle de la chambre, et toutes deux s'y laissèrent tomber.

La jeune femme rassembla toutes ses forces, et commença, tremblante :

— A 6 heures, ce matin, on est venu frapper à la porte de la chambre d'Albert, il s'est levé en hâte. Je ne me suis nullement troublée d'abord, pensant que quelques personnes des environs avaient eu recours à lui, en l'absence du docteur. Puis, peu à peu, je me suis inquiétée, et me levant et m'habillant, le cœur de plus en plus étreint, je suis descendue ; au bas de l'escalier, j'ai vu mon mari rentrer précipitamment, il m'a saisie par la main et m'a fait entrer dans le salon. Albert m'a raconté que mon frère venait d'être arrêté..... Qu'il était accusé d'avoir tué Flaccaud et d'avoir jeté le corps dans la Vienne. On allait le conduire à la prison de Limoges.....

Le visage blême, Claude tenait dans ses doigts brûlants les mains de la jeune femme.

— Alors, reprit Agnès après un nouveau sanglot, j'ai obtenu qu'on me laissât pénétrer auprès de mon frère, gardé à vue dans son cabinet ; j'ai pu l'embrasser, entendre les paroles de consolation et d'espoir qu'il m'a chargée d'aller vous transmettre.....

— Mais, interrompit Claude en répondant par une pression de la main aux paroles d'Agnès, sur quels fondements peut donc reposer une accusation aussi absurde, aussi odieuse ? Racontez-moi tout, et comment Marcel n'a pas réduit à néant de telles folies, d'un seul mot.

— Vous allez le comprendre. Sans doute, vous savez qu'une enquête a été faite au sujet de la disparition de M. Flaccaud, puisque vous nous aviez quittés au Mas Rignac afin de vous rendre près de Mme Flaccaud.

Agnès ne remarqua pas le geste de dénégation de Claude et continua :

— Dans la lettre adressée à la police on affirmait avoir vu Marcel jeter à l'eau, avec l'aide d'un petit bossu, bien connu de tous les gens qui fréquentaient la foire, un corps enveloppé dans une couverture..... On citait le nom de deux témoins, deux jardiniers, « trop trembleurs », ce sont les propres termes de la dénonciation, pour oser accuser une personnalité telle que celle de M. Pieyrat, mais qui finiraient bien, si on les interrogeait, par conter ce qu'ils avaient vu.

— Eh bien ?

— Les deux hommes, après quelques réticences, ont confirmé tous les faits mentionnés dans la lettre, et, hier soir, on a retrouvé, flottant sur la Vienne, une couverture marquée au chiffre des Flaccaud, qui a été reconnue par tous les gens de la maison.....

Il semblait à Claude qu'un nouvel abîme s'entr'ouvrait devant elle.....

— Enfin, reprit la jeune femme, la police a découvert dans une de nos métairies le petit bossu qui avait été vu avec mon frère sur les bords de la rivière.

— A présent, le récit de Marcel ? imposa Mlle Terron, haletante.

— Mon frère a d'abord haussé les épaules, dédaignant ces charges absurdes, puis, en face de telles coïncidences, il a donné les explications que voici :

Par pitié pour ce malheureux infirme, condamné, malgré sa terreur, à se laisser entourer par les replis d'un serpent, à chaque représentation, mon frère, qui l'avait rencontré sur la rive, prêt à laisser échapper l'animal captif, qu'il voulait jeter à l'eau, a aidé le saltimbanque à noyer le reptile dans un double but de compassion et de sécurité, puis, comme le malheureux être pouvait, à son retour, se trouver exposé à un terrible châtiment, Marcel lui a promis d'indemniser son maître qui, par le fait, était lésé, jugeant que, si peu estimable que fût ce saltimbanque, il avait droit à une compensation.

Mon frère a tenu immédiatement parole, il a envoyé cinq cents francs, je crois, promettant d'en remettre autant si on lui amenait un petit chien que le bossu Ragel dressait et présentait sur la scène, et qu'il aimait comme on aime le seul être qui vous témoigne de l'affection..... Il redoutait que la pauvre bête ne fût maltraitée cruellement après sa disparition. Marcel me l'avait fait remarquer un jour en traversant l'esplanade ; le malheureux animal faisait pitié, tout tremblant, l'air affamé.

Claude s'était levée avec précipitation, et, saisissant la corbeille dans laquelle Funny était étendu, l'apporta à la jeune femme.

— C'est bien lui ! s'écria Agnès en caressant doucement la petite tête brune, tandis que Funny fixait sur elle ce bon regard douloureux du chien qui souffre et semble implorer un soulagement de l'humanité.

En quelques mots, Mlle Terron mit Agnès au courant de la découverte qu'elle avait faite du corps ensanglanté de Funny.

— C'est vous, Claude, qui avez accompli la volonté de mon frère, en sauvant ce pauvre petit chien !

Ce simple incident ramenait de nouvelles larmes dans les yeux de la jeune femme.

— Et le bossu, où est-il ? que dit-il ? interrogea Claude vivement.

— Mon frère l'avait ramené à la maison et ensuite l'a fait conduire à l'une de nos métairies ; c'est là que la police l'a arrêté. On n'a pu obtenir de lui que de vagues explications, tant son effroi était grand.

— Mais le saltimbanque a dû attester la disparition du serpent et montrer la somme envoyée par Marcel ?

— Une véritable fatalité nous poursuit ! Cet homme a quitté le champ de foire pendant la nuit, à la suite, dit-on, d'une panique causée dans sa baraque par la fuite du serpent. Certaines gens même affirment avoir vu le reptile se glisser sous les banquettes de la salle...

— On retrouvera cet homme ! s'écria Claude, son témoignage est si important !

A peine eut-elle prononcé ces mots que ses lèvres se plissèrent amèrement. L'honneur de Marcel Peyrat dépendait aujourd'hui du témoignage d'un forain, d'un saltimbanque !

Elle laissa tomber ses mains et les joignit en un geste suppliant.

— Mon Dieu, prononça-t-elle, la voix plus haute et plus nette, aidez-nous ! car nous nous aiderons !

Agnès reprit :

— Il y a un autre homme qui a été témoin de cette étrange scène, et qui, placé comme il l'était, a certainement vu, lui aussi, affirme mon frère, le serpent se dérouler hors de la couverture, car il pêchait sur la rive opposée..... Comme j'ai été trompée par de faux pressentiments, lorsque, avant-hier, au Mas Rignac, je vous disais de vous méfier de Pascal, c'est son témoignage qui peut réduire à néant l'atroce et stupide accusation portée contre mon frère !

Claude avait bondi en poussant un cri étouffé.

Tout l'accablait ! C'en était trop !

Elle avait fait disparaître l'homme qui pouvait arracher Marcel à l'opprobre !

Agnès, épouvantée, la saisit dans ses bras.

— Pourquoi ce désespoir ! ma très chère ? Envoyez au plus tôt Pascal faire sa déposition.

— Pascal n'est plus ici. Je l'ai chassé ! murmura-t-elle accablée, en retombant sur son siège.

Agnès se tordit les mains.

— Oh ! par pitié, faites-le revenir en hâte !

Claude se redressa :

— Je le retrouverai, dit-elle, l'œil sombre et la voie résolue.

XII

En apprenant la terrible nouvelle de l'arrestation de Marcel Pleyrat, le Dr Terron reçut un choc douloureux.

Depuis si longtemps il attendait avec joie le jour où l'avocat viendrait lui demander la main de sa fille bien-aimée !

Il avait deviné le sentiment si pur, si profond, qui les unissait dans l'absolu silence de leurs lèvres !

Il savait pourquoi sa petite-fille refusait tous les partis. Il devinait la cause de l'abstention prolongée de Pleyrat qui l'en estimait davantage.

Confier Claude à Marcel, c'était l'unique récompense de ses soins, la seule consolation de ses longues épreuves.

Il fallait se résigner à la laisser après lui, isolée, dans ce célibat volontaire et désormais sans fin !

Il attira Claude près de lui :

— La vérité éclatera à tous les yeux, lui dit-il, on retrouvera Flaccaud ! Le fait d'un banquier qui disparaît après une catastrophe financière est fréquent..... Marcel sortira de prison entièrement lavé de cette odieuse et absurde accusation.

Claude frémit..... Tant de pensées se heurtaient dans son cerveau.....

Marcel accusé, prisonnier......

Il lui semblait maintenant que l'obstacle élevé entre elle et lui par les redoutables révélations de Pascal tombait tout à coup, mais devraient-ils tous les deux ajouter l'opprobre à l'opprobre ? en couvrir doublement leurs deux innocences ? fonder une famille qui serait réduite à courber la tête sous les plus injustes mépris, les sarcasmes les plus cruels ?.....

Rien ne pouvait effacer la tache dont le frère de son père avait souillé son nom..... Le nom de Marcel serait réhabilité tôt ou tard, et la barrière se dresserait entre eux ; cette barrière abattue, elle la relèverait de ses propres mains !

C'était là son devoir.

. . . .

Saint-Meslin était troublé par cette suite d'événements. Au premier instant, l'arrestation de l'avocat avait répandu la stupeur, et de la stupeur on était passé à l'indignation..... Puis, peu à peu, certaines rancunes, certaines jalousies mesquines s'étaient fait jour. Quelques personnages, se piquant d'être psychologues, approfondissaient chaque détail ; on passait des suppositions aux probabilités, des probabilités aux affirmations......

L'instruction, contrairement à ce qui se passe habituellement, marchait vite. Le barreau de Limoges s'était réuni pour demander qu'on ne prolongeât pas une situation qui l'atteignait dans la personne d'un de ses principaux membres, et qu'il lui importait de faire cesser au plus tôt.

La faillite de la banque Flaccaud avait été reconnue; le banquier restait introuvable.....

Les sondages faits dans la rivière n'avaient amené aucune découverte.

Tous les voituriers du pays, appelés les uns après les autres, avaient déclaré, sous serment, qu'ils n'avaient transporté M. Flaccaud nulle part.

Le passage d'un train correspondait avec le moment supposé de la disparition ; l'employé préposé aux billets n'en avait donné qu'un seul, un billet de troisième classe à une femme qu'il connaissait très bien ; ce qui excluait toute supposition de travestissement.....

On ne trouvait aucune trace d'Akantaros, qui, pourtant, semblait devoir être facile à découvrir.

Tout simplement, le banquiste avait voulu jouir de son gain inespéré et avait passé la frontière avec la caisse et l'argent envoyé par Marcel afin de tenter la fortune dans quelque tripot, après avoir liquidé tout son matériel.

La troupe, c'est-à-dire la grosse Artémise, Moineau et Divette, après avoir vendu leurs quelques oripeaux, s'étaient dispersés sans laisser de traces.

La police, d'ailleurs, n'avait pas de données certaines sur l'état civil d'aucun d'eux.

Une circonstance, néanmoins, semblait devoir exonérer Marcel de toute accusation de meurtre, c'était la faillite du banquier..... Ou celui-ci s'était enfui, ou, dans un accès de désespoir, s'était tué..... Il fallait le retrouver vivant ou mort..... Et on le retrouverait.....

A cela les accusateurs de Picyrat répondaient que Flaccaud avait été frappé tandis qu'il se trouvait à découvert — une coïncidence, rien de plus, — et que, sans nul doute, avec son habileté bien connue, il se fût remis à flot très promptement.

Cette thèse avait pour conséquence de soulever contre Marcel l'animosité de tous ceux dont les intérêts étaient lésés, en le rendant responsable de la ruine générale.

De tout cela, il ressortait aux yeux de Claude que le témoignage de Pascal, le seul témoin à décharge, ferait immédiatement élargir l'accusé ! Et jusqu'à présent, tous les efforts de la justice demeuraient sans résultat.

Le temps s'allongeait, s'alourdissait, pour ces deux êtres si noblement jaloux de leur honneur et de leur réputation, frappés durement et frappés à l'endroit le plus sensible.

. . . .

La saison s'était avancée. Le beau ciel bleu du Limousin se striait de nuages. Les profondeurs des vallons boisés s'embuaient de tons violacés ; parfois la pluie fine et serrée revêtait toute la nature d'un voile grisâtre.

Sur les collines dévalant au-dessus de la Vienne, les chênes roussis de teintes mordorées, à demi dépouillés, laissaient apercevoir le squelette noirci des roches en lames de sabres qui semblent enfoncées dans le sol des pentes comme des mains géantes.....

Claude se prenait à aimer ces aspects dénudés et tristes, elle les préférait aux ardeurs ensoleillées du délicieux printemps de son pays, vaste jardin de prés fleuris et de bois verdoyants !

Elle ne portait plus que des vêtements sombres, deuil de ses espérances..... Mais un souffle plus viril passait en elle. Jusqu'ici, ses énergies s'étaient tournées contre les écarts de son imagination ou les excès de sensibilité qui dérivaient de ses sentiments ; aujourd'hui, ses énergies se condensaient dans la lutte contre les événements.

Elle avait en tout d'abord à vaincre de grandes difficultés pour remplacer dans le coffre-fort de son grand-père la somme remise à Pascal. Presque tout ce qu'elle possédait avait sombré dans la banqueroute de Flaccaud.

A elle seule le vieillard confiait ses clés ; mais si elle venait à tomber malade et que lui ou une personne de confiance s'aperçût de la disparition des liasses de billets de banque ou que, tout simplement, le docteur eût voulu opérer un placement ?

Un soupçon de vol pouvait atteindre les vieux serviteurs de la maison, si probes et si droits.....

On accusait bien Marcel Pieyrat d'un meurtre !

Quand Mlle Terron eut achevé de faire ses calculs, elle constata qu'il ne lui restait plus rien.

Il fallait à sa disposition une somme toujours prête pour faciliter ses recherches et découvrir où Pascal se trouvait en ce moment, le faire revenir à tout prix..... Elle ne pouvait demander d'argent à son grand-père sans que celui-ci l'interrogeât sur l'usage qu'elle voulait en faire.

Claude résolut de tirer parti de son talent de peinture, sans nul souci des préjugés absurdes qui persistent encore dans quelques petites villes, chez des esprits arriérés qui voudraient voir les femmes d'une certaine classe sociale mourir de faim plutôt que de gagner leur vie.

Que lui importait la fortune, puisqu'elle n'aurait pu la partager avec Marcel ? Elle ne donna donc pas un regret aux sommes englouties dans la banqueroute de Flaccaud.

Maintenant, Claude envisageait en face sa situation.

Si Gustave Terron revenait en France, il arracherait par lambeaux les biens paternels, et peut-être devrait-elle, pour assurer le repos de son aïeul, les lui abandonner, comme on jette morceau à morceau les provisions du voyage aux bandes de loups hurlants qui parcourent les steppes arides.

Autre raison pour se créer des ressources personnelles ; d'ailleurs, il lui fallait trouver une incessante occupation qui ne laissât pas place une seule minute à l'oisiveté, l'oisiveté que, jusqu'alors, elle avait ignorée, mais qui aurait pu se glisser insidieusement dans sa vie, parce que le grand but humain lui manquait tout à coup.....

Claude alla à Limoges afin d'y étudier les meilleurs moyens de vendre ses peintures.

Elle revêtit une toilette noire tout unie.

Quel contraste avec celle qu'elle avait portée lors de son dernier voyage, alors qu'elle se rendait au mariage d'une de ses parentes, entourée d'amis fêtant sa venue.

Il lui semblait qu'en l'espace de quelques semaines elle avait tout perdu..... Que cette robe noire austère, funèbre, symbolisait toutes ses douleurs, qu'un autre être avait pris la place d'elle-même, qu'elle subissait une déchéance.....

Le mot se formula presque sur ses lèvres et la fit se redresser toute, se surélever vers les hauteurs de sa foi. On ne peut déchoir en portant la croix, quand même on succombe sous le fardeau, sur la route de l'existence.

Cette journée fût cruelle. Claude était là, tout près de Marcel, de Marcel prisonnier, souffrant dans tout son être ! Elle ne pouvait pas le voir..... Que n'étaient-ils mariés ? Elle aurait pu pénétrer jusqu'à lui, soutenir son courage, lui prodiguer les paroles d'espérance, les témoignages de son affection !

Elle monta le boulevard, entra dans la rue Saint-Antoine, et, arrivée sur le champ de foire, se trouva en face du monument sombre dont les petites fenêtres grillées clignotaient en arrière des grands murs gris.

Une croix de pierre se dressait au-dessus de l'édifice.

— La croix signifie pour les coupables le repentir, pour ceux qui sont injustement accusés l'épreuve et la douleur ! pensa-t-elle.

Claude gagna lentement le trottoir qui longeait la prison où Marcel était enfermé avec des malfaiteurs ; elle posa la main sur ces murailles épaisses, comme si elle eût pu joindre la main de son fiancé et lui exprimer la fidélité et le dévouement qui survivraient aux beaux rêves évanouis, aux espoirs abolis, aux fiançailles rompues avant d'être célébrées.

Elle descendit ensuite vers l'église Saint-Michel des Lions ; deux ou trois personnes qu'elle croisa sans les remarquer se retournèrent, avec l'impression de l'avoir déjà rencontrée, mais toute différente de ce qu'elle était aujourd'hui..... Agenouillée dans le sanctuaire, Claude répétait la même prière, comme on récite le même *Ave Maria* sur tous les grains d'un chapelet :

— Puisque, ô mon Dieu, vous avez permis que l'honneur de ma famille soit entaché, faites-moi la grâce de lui rendre le sien !.....

Dès le lendemain, elle se mit au travail, après avoir assisté à une messe matinale et accompli quelques devoirs de charité, ajoutant aux visites qu'elle faisait à ses pauvres celles que Marcel rendait à des familles miséreuses.

Parfois, tandis qu'elle priait entre les murs sombres de l'église antique, une vision passait devant ses yeux.

Un cortège pénétrait par le portail, passait devant le grand baptistère, entrait dans le chœur, tandis que retentissait une marche nuptiale.

Elle éprouvait la sensation des regards tournés vers elle, du frôlement du voile blanc couvrant son visage, puis, relevant tout à coup la tête, elle se trouvait seule..... L'église était vide et l'orgue était muet.....

Ses vêtements étaient noirs. L'illusion s'était évanouie, mais l'église n'était pas vide ! L'autel se dressait devant elle, la croix surmontait le tabernacle, et dans le tabernacle reposait la Victime des péchés des hommes !

Elle s'accusait de faiblesse, chassait la douce vision en ouvrant les yeux, et priait, et elle rentrait chez elle plus forte et plus résolue. Chaque jour elle décachetait avec une anxiété fébrile les lettres qui lui arrivaient de divers points et qui, toujours, apportaient la solution négative des recherches opérées.

Pascal s'était-il embarqué à l'étranger, ou bien l'avait-il trompée ? Dévorait-il l'argent qu'elle lui avait remis, tandis que Gustave Terron demeurait dans l'enfer du bagne ?

Alors, une pitié la prenait maintenant pour le dévoyé, moins coupable peut-être que celui qui s'était servi de son nom pour exercer un odieux chantage.

A Limoges, l'affaire subissait un temps d'arrêt ; l'avocat de Marcel voyait chaque jour de nouveaux obstacles se dresser ; nul ne pouvait croire à la culpabilité de son client et de son ami, et pourtant aucun fait nouveau ne venait détruire d'accablantes coïncidences ! Marcel serait-il condamné par un jury persuadé de son innocence, mais qui, faute d'un seul témoin à décharge, serait acculé à délibérer sur une série de circonstances fatales ?..... Si Flaccaud reparaissait, l'accusation tomberait d'elle-même.

L'exaspération qui grondait peu à peu dans Saint-Meslin, à mesure que l'on découvrait une nouvelle ruine, accentuait journellement le courant d'opinions en faveur de Marcel ; tous sentaient qu'il eût été la ressource suprême de ces aisés de la veille réduits à la misère.

Le Dr Terron partageait les souffrances de sa petite-fille, bien qu'une partie lui en échappât forcément ; il ne lui en parlait jamais, il savait que le silence dans lequel elle se renfermait était sa force.

La vie extérieure et sociale, si réduite qu'elle fût pour elle, déterminait l'indignation, parfois même la révolte.

Ces événements avaient enrayé toutes les réunions.

Claude ne se rendait plus que chez Mme Flaccaud, mais, à chaque rencontre, on abordait les deux sujets palpitants.

La femme du banquier, par les clauses de son contrat de mariage, avait moins souffert que les autres de la faillite de son mari ; toujours acerbe et profondément aigrie, elle ne pardonnait pas plus à Claude d'avoir été jadis recherchée par Flaccaud que d'avoir été ruinée par lui !

Elle se redressait en face de sa cousine, et, mordante et incisive, affirma qu'elle croyait à la culpabilité de Marcel.

Claude avait trop d'élévation d'esprit et de délicatesse pour répondre à une cruauté par un froissement, mais elle défendait Pieyrat avec une fermeté qui ne transigeait pas....

Devant une accusation moins voilée, elle fit appel à toute sa puissance sur elle-même pour répliquer :

— Admettons que, dans un accès de violence, très en dehors de son caractère, M. Pieyrat, à la suite d'une discussion avec ton mari, l'eût frappé, il faudrait une cause à un fait aussi incroyable.

— La cause ! s'écria Mme Flaccaud, tu me la demandes à moi !

Et comme Mlle Terron la regardait, stupéfaite, elle reprit :

— Mon mari était jaloux ! Il souffrait à l'idée que tu deviendrais la femme de Marcel..... Et tout le monde savait que tu allais l'épouser !..... C'est la fin tragique de celui dont tu as refusé d'être la femme qui t'éclaire sur la véritable nature de l'homme à qui tu voulais unir ton sort, et que toi, et bien d'autres, vouliez faire passer pour un saint !.....

Etouffant un sanglot, dominant la colère qui l'étreignait à la gorge, elle jeta ce dernier trait :

— Ton orgueil est-il satisfait ? J'ai été humiliée par toi tout le long de mon existence d'épouse..... Malgré les froideurs de ton attitude, les regrets persistaient..... Mais le jury prononç cera. Il dira que si je suis la veuve de la victime, tu es la fiancée de l'assassin !.....

Claude se leva.

— Je venais près de toi chaque jour, dit-elle, pour te manifester mon affection qu'augmentait la sympathie pour ton malheur, mais je ne puis tolérer une seconde scène de ce genre, qui est au-dessous de ma dignité et de la tienne.

Elle sortit pour ne plus revenir.

Quinze jours plus tard, Mlle Terron recevait cette missive signée de sa cousine :

Ta présence me manque..... ma chère Claude..... J'ai dépassé les bornes de ma propre pensée..... Ne m'en veux pas, et je te supplie de ne pas m'abandonner.....

Il en avait coûté à la jeune fille de franchir de nouveau ce seuil, de pénétrer dans cette maison dont les tristesses mornes étaient si étrangement liées aux siennes et où ses sentiments les plus intimes, les plus chers, avaient été si atrocement froissés. Cependant elle n'hésita pas..... Elle pouvait faire du bien.

Après la violence de son emportement, Mme Flaccaud s'était calmée. L'adversité qui, tout d'abord, l'avait aigrie, déterminait peu à peu, presque à son insu, sous l'influence du remords, un sentiment de compassion pour les malheureux que la faillite de son mari réduisait à la misère ; un peu de honte et pas mal de crainte s'y mêlaient.

Sans avoir le courage de sacrifier sa propre fortune, elle se décida à secourir les plus pauvres d'entre les créanciers; n'osant le faire elle-même, elle eut recours à sa cousine.

Claude envisagea l'épreuve qui l'attendait.....

Venant au nom de Mme Flaccaud, tous les gens qu'elle visiterait aborderaient le redoutable sujet, et comment serait prononcé le nom de Picyrat, si vénéré par ceux qu'elle allait habituellement visiter ? Mais elle ne recula pas. C'était un devoir, elle l'accomplirait dans toute son étendue.....

Dans la première maison où elle entra, les traces de l'aisance passée restaient encore, maintenues par des miracles d'ordre et de propreté. On lui fit voir avec fierté les vieilles assiettes de faïence qui avaient servi aux repas de tant de générations, un bahut sculpté.....

— Nous les garderons tant que nous pourrons, déclara le père, mais pourrons-nous rester à Saint-Meslin ? L'ouvrage est mal payé et maintenant ma pauvre mère n'a plus ses petits revenus !

Il désignait une vieille femme assise dans un coin, et dont le visage était aussi pâle que les ailes de son barbichet.

Discrètement, Claude s'informa des nécessités les plus pressantes et remit cinq billets de cent francs.

— Nous les tiendrons en réserve ! Vous remercierez bien Mme Flaccaud, Mademoiselle, elle est à plaindre, elle aussi.....

Claude respirait plus librement, aucune allusion n'avait été faite à la tragique disparition du banquier.

Chacun, d'ailleurs, semblait moins préoccupé du fait lui-même que de ses conséquences.

Dans les deux dernières demeures, ce fut une note plus accentuée.

— C'était si commode et si facile de vivre, clamait une grande créature malpropre, vêtue d'une robe et d'un corsage voyants, couverts d'ornements et de taches ! M. Flaccaud faisait de grosses rentes pour l'argent placé chez lui, et quand on lui menait de la clientèle, il donnait une prime !

Elle ne faisait plus rien, et son mari allait un jour sur deux à l'atelier. On avait du bon temps et on se nourrissait bien..... A présent, il fallait travailler.....On n'y était plus habitué. Ah ! si on le tenait, le meurtrier, ce Pieyrat, ce gueux qui avait mis tout le monde et les curés dedans avec ses dévotions de zouave du Pape !

Claude se leva et plaça une enveloppe sur la table.

— Mme Flaccaud vous envoie cette indemnité, prononça-t-elle. Vous avez tort de répéter des accusations absurdes contre un homme honorable.

— Honorable ! n'empêche que la justice l'a fourré en prison, et cela parce qu'elle flairait le crime.

Mlle Terron s'éloigna en proie à une sorte de vertige.....

Son fiancé en prison !..... Son oncle au bagne !.....

Elle avait la conviction de l'innocence de l'un, la certitude de la culpabilité de l'autre..... Et leur sort était le même !

Le même !.....

Dans dix années, Gustave Terron serait libre.....

Quand Marcel quitterait-il la prison ?

Et tout à coup, pour la première fois, une atroce vision passa dans son cerveau.

Comment et pourquoi en sortirait-il ?.....

Et de nouveau la cingla la désespérante pensée que c'était elle qui avait hâté le départ du seul homme dont le témoignage pouvait, en renversant l'entassement des preuves accumulées, soustraire Marcel Picyrat à l'échafaud !

Chancelante encore sous l'empire de l'émotion éveillée brutalement en elle, Claude vint frapper à la dernière porte..... Enfin, le supplice allait être terminé !

Désireuse de se retirer au plus vite, elle remit l'argent après une explication brève.

— Ah bien ! par exemple, c'était tout ? Se moquait-on ?....., Le banquier Flaccaud était un voleur, sa femme une accapareuse, qui allait encore écraser de son luxe les pauvres malheureux que son mari avait ruinés..... Elle se donnait des airs de générosité et faisait l'aumône aux gens avec l'or qu'on leur avait volé.....

— J'ai épargné à ma cousine une cruelle humiliation ! songeait Claude, elle ne peut relever la tête sous les reproches.

Mlle Terron était tout enfiévrée lorsqu'elle rentra.

Mardy vint au-devant d'elle, escortée de Funny, qui, en entendant la voix de la jeune fille, avait aussitôt quitté le coin du feu devant lequel il allongeait son museau sur ses pattes encore bien faibles.

Claude le prit dans ses bras et alla s'asseoir pendant quelques instants auprès de son aïeul, avant d'ôter ses vêtements trempés par les premières neiges.....

Les doigts effilés de la jeune fille, les doigts tremblants du vieillard se rencontrèrent sur la chaude fourrure dans le même geste caressant.

XIII

Marcel Pieyrat avait obtenu qu'un ami lui fît passer d'importants documents historiques régionaux traitant de la question sociale et ouvrière sous les règnes de Louis XV et de Louis XVI, et travaillait assidûment.

— Qui sait, pensait-il parfois, si la Providence ne m'a pas envoyé là pour le plus grand bien de tous ceux qui auront quelque profit à tirer de mes études ? Dans ma vie courante, je n'aurais jamais réalisé une solitude si complète, un repos si absolu.

Et la pensée lui vint d'ajouter à son œuvre plusieurs chapitres traitant de l'influence des répressions sur les caractères, qui nécessitèrent de nouvelles recherches et un nouveau labeur.

Albert Max avait été autorisé à voir son beau-frère une fois par semaine.

Marcel l'interrogeait longuement au sujet de Claude Terron. Cette partie de leur entretien était devenue, pour le jeune médecin, presque un supplice.

Ni lui ni Agnès n'étaient retournés à Saint-Meslin, et il ne voulait pas avouer au prisonnier combien leur eût été pénible tout voyage au pays natal..... avant sa complète réhabilitation.

Pieyrat s'étonna d'abord, puis s'alarma de ne recevoir aucune lettre de Claude.....

— Elle ne peut croire à ma culpabilité, disait-il.

Très sincère, Max affirmait que l'ombre d'un soupçon n'avait jamais traversé l'esprit de la jeune fille.

— Est-ce par un excès de délicatesse ? S'imaginerait-elle que, parce qu'elle a perdu sa dot dans la faillite de ce malheureux Flaccaud ? Mais non ! elle me connaît trop bien, et ne serait-ce pas se contredire elle-même ? Ne m'a-t-elle pas reproché de n'être pas venu à elle quand j'étais pauvre, elle riche..... Nulle question d'argent ne peut s'élever entre nous ! Mais pourquoi ne m'adresse-t-elle pas quelques lignes ?

Albert parlait de temps à autre d'une lettre de Claude reçue par Agnès..... Si courtes, hélas ! ces missives, dans lesquelles

Mlle Terron s'imposait une excessive réserve et ne laissait échapper qu'un peu de son intime souffrance.

Elle ne deviendrait jamais la sœur de Max et d'Agnès, et dans chaque billet s'annonçait plus brève et plus découragée l'immense peine de constater que Pascal restait introuvable.

— Qu'y a-t-il donc entre sa générosité et mon malheur ?

Telle était la question que Pieyrat se posait sans cesse quand il n'était pas absorbé par son travail..... Et le tourment qu'il éprouvait lui rendait le labeur plus doux par l'oubli momentané.....

Écrire lui-même ? Non, il ne le voulait pas..... Ce serait s'imposer à la pitié de la jeune fille et c'était sa tendresse qu'il voulait.

Max avait été autorisé à visiter également le pauvre bossu.

— Si je n'étais pas la cause de tout, Monsieur, lui dit celui-ci en sanglotant, je ne me plaindrais pas, puisque vous m'assurez que mon pauvre petit chien est en bonnes mains. Ici, je mange et je ne porte pas de fardeaux qui me font craquer les os ! On ne se moque pas de moi !..... Mais savoir M. Pieyrat accusé, prisonnier, voilà ce qui me fait pleurer jour et nuit..... Et je répète tout le temps qu'il n'est pas coupable, ni moi non plus ; les geôliers répondent que cela regarde le jury et les juges et que cela ne les regarde pas !

L'avocat de Marcel avait obtenu le renvoi de l'affaire à la session suivante, dans l'espoir qu'un fait nouveau se produirait, réapparition de Pascal ou de Flaccaud lui-même.....

Et les jours s'ajoutaient aux jours, plus longs à s'écouler.

Agnès, si gaie, si enchantée de la perspective de sa vie nouvelle, se tenait à l'écart du régiment et de ses amies, ne faisant aucune visite, souffrant pour Albert, plus qu'Albert lui-même, de cette situation si pénible, si délicate.

Alarmée du laconisme de Claude, elle redoutait qu'au jour de la délivrance une immense déception ne se préparât pour son frère, auprès de laquelle la terrible épreuve qu'il subissait n'eût rien été..... Et Claude, parfois oubliant l'obstacle qui la séparait à jamais de Marcel, l'esprit tendu vers le but actuel : retrouver Pascal, occupée par les démarches qu'elle faisait faire avec une inlassable persistance, éprouvait tout à coup une secousse douloureuse, un réveil atroce, en se souvenant qu'au jour où ses efforts seraient couronnés de succès, elle devrait briser le cœur de celui qu'elle aimait, et qu'elle préparait peu à peu à le voir s'écarter de sa route, disparaître de sa vie, par ce silence envers son infortune qu'elle s'imposait et qui la martyrisait elle-même.

La date fatale se rapprochait qui inutiliserait tout effort.....

Elle n'ignorait pas que si l'honneur d'un homme peut être perdu en l'espace d'une seconde, il faut des années pour effacer la flétrissure aux yeux de la société.....

Elle redoublait ses prières et l'offrande de sa douleur.

. . . .

Un matin, tandis que Claude préparait ses couleurs, Mardy vint la chercher avec un air mystérieux ; puis, quand elle l'eut emmenée dans le vestibule :

— Mademoiselle, aviez-vous de graves raisons de renvoyer Pascal ? interrogea-t-elle avec cette familiarité que les vieux serviteurs apportent dans leur dévouement.

Claude pâlit, puis une lueur d'espoir l'envahit.

— Sans cela, je ne l'aurais pas renvoyé d'un instant à l'autre, répondit-elle.

— Avez-vous quelque chose à craindre de lui ?

Les mains de Mlle Terron se joignirent. N'avait-elle pas tout à espérer !

Elle affermit sa voix :

— Pascal est, pour M. Picyrat, un témoin à décharge, prononça-t-elle. Je dois aider à son retour de tout mon pouvoir.

— Eh bien ! Mademoiselle, Jacquet, le garçon de métairie du Peyradoux, est en bas ; il causait avec Arsène et disait avoir vu Pascal, il y a deux jours.

— Où cela ?

— Dans le Lot..... Il était allé au mariage de son cousin.

— Lui a-t-il parlé ?

— Il ne me l'a pas dit.....

— Fais-le venir ! s'écria Mlle Terron.

Jacquet pénétra dans le vestibule. Il préférait sans doute la conversation d'Arsène à celle de « Mademoiselle », car il paraissait fort contrarié d'être appelé ainsi, et chercha à abréger l'entretien et à le réduire au plus complet laconisme.

Après avoir répondu par oui ou par non aux questions adressées, il se dérida un peu.

— Et autrement, Mademoiselle, je n'ai pas grand'chose à vous dire ! Savoir si c'était Pascal..... je n'en doute guère pourtant, mais je ne me sens pas disposé à le jurer, car je n'aimerais pas à m'expliquer en justice.

— Vous expliquer en justice ? reprit vivement Claude, et pourquoi ?

Jacquet secoua la tête, mécontent d'avoir eu la langue si longue ; puis, réfléchissant que Mlle Terron ne répéterait pas ce qu'il disait, il ajouta plus bas :

— Les vols ont recommencé dans l'église de Rocamadour !

— Pascal était donc dans les environs de Rocamadour ? Comment l'avez-vous vu ?

— C'est tout simple, Mademoiselle, j'ai été à la noce d'un de mes cousins à Gramat ; je traversais les Causses pour aller voir un vieux parent qui habite Rocamadour ; j'ai aperçu un homme qui marchait à travers la lande ; j'ai pensé : c'est Pascal, plus laid et plus barbu !

Il regardait autour de lui comme s'il avait eu peur qu'on le vît.....

— Vous n'en savez pas davantage ? interrogea Mlle Terron.

— Non, Mademoiselle.

— C'est bien, je vous remercie.

Jacquet se retira en se demandant s'il n'avait pas trop parlé.

Claude gagna le fond du jardin et marcha de long en large dans l'avenue.

Pascal était là ! Il pouvait porter le témoignage attendu qui détruirait la fable absurde et mensongère qui transformait un homme d'honneur en criminel. Mais Pascal était soupçonné de vol, quelle valeur aurait ce témoignage s'il était lui-même arrêté et conduit en prison ?

Il devait se tenir constamment sur le qui-vive ! Il échapperait aux gendarmes si on les mettait sur sa trace.....

Après avoir mûrement réfléchi, Claude résolut de ne pas livrer cette piste à la police et d'agir promptement et sans bruit.

La première chose à faire était de mettre au courant de cette révélation Agnès et son mari, et de leur demander de l'accompagner à Rocamadour.....

Elle avertit son grand-père en lui promettant de faire savoir de suite si son absence devait se prolonger.

Une rougeur couvrit ses joues lorsque le vieillard lui dit :

— Je devine le but de ton pèlerinage à Rocamadour ; que le ciel t'exauce, que Marcel recouvre sa liberté et que vous soyez bientôt l'un à l'autre.

Avait-elle donc laissé croire à son aïeul que le seul but de son voyage était un acte religieux ?

Elle ne pouvait le détromper, mais, avec une ferveur nouvelle, Claude plaça son entreprise sous la protection divine.

En descendant du train, Mlle Terron se rendit promptement chez Agnès. Un premier contretemps l'attendait.

Albert était parti la veille ; le régiment ayant mobilisé à l'improviste, sa femme ignorait à quelle heure il reviendrait.

Dès les premiers mots d'explication Mme Mir avait bondi. Du découragement le plus complet elle passait immédiatement à la réalisation d'une espérance.

Il lui semblait déjà que son frère était sauvé. Elle voulut partir immédiatement.

— Pourrons-nous agir seules, ma bien chère ? fit observer Claude, plus réfléchie et calculant plus exactement la portée et la conséquence de chaque action.

— Albert nous rejoindra ! Mais nous pourrons déjà nous informer, nous rendre compte ! Nous prierons dans le sanctuaire et cela nous aidera à attendre..... Nous serons plus calmes. A présent, il me semble que je ne pourrais rester ici une minute de plus !

— Mais Albert ne serait-il pas mécontent que vous partiez sans lui ?

— Si j'étais seule, peut-être ! Mais avec vous ! D'ailleurs, il s'agit de mon frère. Vous savez, Claude, ce que Marcel est pour moi ! Il a suppléé les parents que j'avais perdus ! Mieux que personne vous connaissez l'étendue de ses sacrifices pour reconstituer ma fortune. Je lui dois tout !

Éclatant en sanglots, elle tomba dans les bras de son amie.

— Oh ! ma chère, ma chère sœur ! Ne soyez pas si sage ! Il y a des instants dans la vie où les sages ont tort et où les impulsifs ont raison !

Le cœur de Claude répondait à l'appel d'Agnès.

Elle serra la jeune femme contre sa poitrine, étouffant le douloureux soupir que provoquait en elle ce nom de sœur.

— Tout ce que vous voudrez ! Tout ce qui pourra sauver Marcel !

En quelques minutes, Agnès eut fait ses préparatifs de départ et envoyé l'ordonnance au quartier, avec une lettre écrite en hâte pour avertir son mari et lui demander de venir la rejoindre le plus tôt possible à Rocamadour.

Quand les deux femmes arrivèrent à la gare des Bénédictins, elles apprirent que le train qu'elles comptaient prendre ne s'arrêtait pas à Gramat. Force leur fut d'attendre.

Les minutes leur paraissaient des heures ; enfin, le train entra en gare ; elles montèrent aussitôt en wagon, s'énervant de l'arrêt prolongé ; un sifflement retentissait lorsque la portière s'ouvrit brusquement, et Albert, en tenue de campagne, se précipita auprès d'elles.

— Vous faisiez une folie ! dit-il ; vous deviez m'attendre ! Mais je comprends trop votre [illegible] pour vous gronder comme je devrais le faire ! Heureusement, nous sommes seuls et vous allez pouvoir me donner les détails qui manquaient à la lettre laconique d'Agnès. Le régiment rentrait au quartier comme mon ordonnance y arrivait ; j'ai pu obtenir de suite une permission et vous rejoindre à temps. Mon récit est bien court, sans doute le vôtre sera plus long....

XIV

La nuit était tombée lorsque les voyageurs atteignirent Rocamadour et gagnèrent le couvent dans lequel ils devaient trouver un abri.

Claude demeura en arrière, au bas de l'étroit couloir en pente creusé à même le roc qui forme à la fois le soubassement du château et celui de la basilique.

Elle s'appuya contre le parapet et contempla le magique spectacle qu'elle avait sous les yeux.

La lune dans son plein, les étoiles éblouissantes, projetaient une lueur incisive sur le merveilleux amoncellement de rochers, de tours, de portiques et de degrés, se détachant les uns des autres, masses grises et masses blanches, s'élançant, s'effilant ou s'élargissant sous les larges touches de lumière.

A gauche, se dressait l'ogive blanche donnant accès sur la terrasse, de plein pied avec la chapelle de Notre-Dame, qui contient des trésors amassés depuis des siècles.

Gardant l'entrée du sanctuaire, s'étendait la longue forme de granit représentant saint Amadour, couché dans l'excavation où fut retrouvé son corps.

En face de la chapelle, se dressait le large coffre de bois fixé au mur, destiné à recevoir les aumônes des pèlerins, et au-dessus duquel l'épée de Roland fut suspendue jadis par les compagnons d'armes de l'héroïque pèlerin de Rocamadour.

Malgré les pensées qui lui martelaient le cerveau, Claude ne se lassait pas d'admirer ce palais de l'Arioste, surgissant au flanc de la vallée de Josaphat !

Au-dessous, elle apercevait le précipice immense que l'entassement des rochers, des monuments, des maisons reliés par d'interminables escaliers de pierre, cherche en vain à combler.

Le ravin, tout au fond, restait dans l'ombre ; de l'autre côté de la vallée, l'abrupte pente de calcaire, fendue par des lignes droites, coupée çà et là par des arbres isolés, poussant sur des plaques de gazon ras, parsemé de mousses et de fougères naines, s'éclairait en transparence, sous une buée bleuâtre.

La profondeur semblait doublée par la lueur intense suspendue au-dessus des ténèbres qui emplissaient les grands creux.....

Au-dessus, le rocher à pic, les hautes murailles de la forteresse sur laquelle flotte l'étendard blanc que depuis les ducs d'Aquitaine les révolutions n'ont jamais abattu.

La solennité sainte du lieu, l'ensemble saisissant de l'œuvre de la nature sur laquelle l'œuvre de l'homme s'était greffée s'élançant du fond de l'abîme vers le ciel, inspiraient à Claude une ferveur nouvelle.

A la vue de ce firmament si pur, elle avait la ferme confiance que la justice divine ne laisserait pas l'iniquité s'accomplir.

Elle avait perdu la notion du temps.....

...Albert et sa femme la rejoignirent.

— Nous devons, paraît-il, dit Agnès, aller dîner dans une auberge du village, c'est la règle de la maison. Descendons tout de suite, si vous voulez ; demain, il faudra nous lever de très grand matin.

Quelques minutes plus tard, tous trois prirent place à une petite table, non loin de laquelle deux hommes étaient assis.

Claude se trouvait être plus rapprochée d'eux, et surprit quelques mots échangés à voix basse.

Elle crut d'abord s'être trompée et avoir entendu l'écho de ses propres pensées.

Mais non, ces hommes parlaient des tentatives de vol récemment commises à Rocamadour.

— Ah ! si l'on voulait, si l'on n'avait pas peur ! murmurait l'un des deux compagnons. Qui sait où est la tanière, qui sait où gît le renard !..... Mais voilà..... On n'ose pas.

Claude se pencha vers Max :

— Ecoutez, murmura-t-elle.

Les deux hommes avaient saisi ce mouvement, ils se turent, échangèrent un coup d'œil et se levèrent pour gagner au plus tôt la porte.

En une phrase laconique, Claude mit Albert au courant ; il se précipita au dehors, mais, en dépit de toutes ses recherches, de tous ses efforts, il ne put retrouver la trace des causeurs, qui, sans doute, avaient opéré leur retraite dans quelque maison voisine pour ne pas avoir à répondre aux interrogations qu'ils pressentaient.

Le jeune homme revint lentement, découragé.....

— Une chance trop rapide entraîne presque toujours un mauvais début ! prononça-t-il.

Claude garda le silence. Ainsi que toutes les fois qu'un contretemps ou un malheur se produisait, elle se répétait à elle-même :

— Si j'avais fait autrement! Si j'avais parlé quelques secondes plus tôt.

Du regret, elle passait aux reproches qu'elle s'adressait à elle-même, et dans ce mutisme qu'elle gardait, elle s'exalta jusqu'à prendre la résolution d'agir seule et immédiatement...

À peine rentrée au couvent avec ses amis, Mlle Terron en ressortit, avertissant à la porterie qu'elle resterait un peu tard dans le couloir découvert qui mène à l'église.

La soirée était singulièrement tiède pour la saison, et son manteau de voyage suffisait à donner à tout son être cette sensation de chaleur douce qui, peu à peu, amène le calme, et conduit du calme au sommeil.

Tous les bruits s'évanouissaient ; le cri d'une chouette s'envolant d'une ruine pour traverser la vallée troubla l'air...

Claude, entendant le sinistre hululement, frissonna, nerveuse, [illegible], puis l'accès prit fin, et elle retomba dans la torpeur.

Par instants, elle tentait de la secouer, craignant de s'endormir. Elle était là pour veiller, pour guetter, pour avertir!...

Et, cette fois, elle n'avertirait pas trop tard !

Mais l'épuisement gagnait de plus en plus tout son être, ses yeux se fermaient, pour se rouvrir machinalement sans même voir l'admirable vallée dont le charme, tout d'abord, l'avait captivée, le sommeil allait la vaincre, lorsqu'elle se dressa tout à coup ; il lui semblait entendre un bruit de pas étouffés.

La frayeur la transit, elle ne l'avait pas prévue lorsqu'elle avait entrepris cette garde vigilante.

À peine relevée, elle chancela et dut s'appuyer [illegible]

[illegible]

Claude distingua [illegible] et trapu, tel que celui qu'elle cherchait... Il s'arrêta pour écouter devant l'excavation du roc, comme s'il eût redouté de voir la statue s'animer, puis, sans doute, rassuré par le calme immuable des choses de pierre, il s'élança, s'accrocha aux sculptures de la chapelle et commença à se hisser à la force du poignet.

Il tourna la tête, la lumière blanche et crue d'un rayon de lune tomba d'aplomb sur lui.

Claude eut peine à retenir le cri de déception qui lui montait aux lèvres.

Ce n'était pas Pascal.

Un nouvel effroi la glaça toute.

A quoi bon s'exposer sans résultat ? Elle ne songea plus qu'au moyen de remonter le couloir sans être vue, lorsque, revenue de son saisissement, elle songea que cet homme s'apprêtait à commettre un sacrilège, et, sans calculer les risques auxquels elle s'exposait, elle s'élança en avant pour jeter un cri d'alarme ; en ce moment elle se heurta contre un autre homme qui, d'un mur, bondissait sur la terrasse et qui s'arrêta net.

Cette fois, c'était Pascal.

Claude, à présent, était pleinement dans l'action, toute terreur avait disparu.

Elle, craintive, énervée tout à l'heure, avait maintenant l'œil en flamme ; debout sur les marches qui conduisent du parvis à l'église, semblant défendre l'entrée du sanctuaire, elle produisit sur Pascal l'effet d'une apparition.....

Il ne put réprimer un mouvement d'effroi, mais comme il esquissait un geste de fuite :

— Restez ici ! cria-t-elle, la voix profonde chargée d'autorité.

Alors, brutalement, Pascal s'élança en avant, la saisit par le bras et la poussa dans un rayon de lumière plus intense.

— Mademoiselle Terron ! cria-t-il.

Toute crainte du surnaturel avait disparu ; il gouailla, pour se venger de la peur qu'il avait ressentie :

— C'est aimable à vous de vouloir me retenir auprès de vous. Il y a quelques mois, vous étiez pressée de me voir partir.

Claude réprima un frisson, et surmontant sa répugnance :

— Je vous ai fait chercher de tous côtés, dit-elle.

— Et pourquoi donc ?

— Il faut que vous comparaissiez comme témoin dans une affaire criminelle. C'est moi qui vous trouve au moment où votre témoignage peut sauver l'honneur d'un homme, c'est à moi de vous rappeler.

— J'aurais cru qu'il s'agissait de l'honneur d'une famille ! prononça le misérable avec un ricanement insultant.

Claude, blême, reprit :

— Dès demain, il faudra vous présenter devant le juge d'instruction de Limoges. Vous raconterez ce que vous avez vu dans la matinée du jour qui a précédé votre départ de Saint-Meslin, tandis que vous pêchiez au bord de la Vienne.

— Ah !..... Et qu'ai-je donc vu qui vous intéresse ? Je ne tiens pas à me mêler des affaires des autres..... Un truc pour me faire pincer et rattraper votre argent, n'est-ce pas ?

Vous ne me demandez seulement pas des nouvelles de votre oncle, et si j'ai de lui un reçu en bonne forme..... Cela vous est égal ? Eh bien ! vous ne le saurez pas ! Vous ne pourrez point m'accuser de chantage..... Vous n'avez pas de preuves..... Seulement, je ne vous croyais pas si rouée ! Ce n'est pas très honnête de m'avoir filé comme cela, Mademoiselle Terron.....

— Je n'ai pas cherché à savoir ce que vous avez pu faire depuis que vous avez quitté la maison de mon grand-père. Je veux seulement que vous alliez dire la vérité sur le cas de M. Marcel Pieyrat, accusé d'avoir précipité dans la Vienne le corps de M. Flaccaud.

— Ah ! ah ! on l'a accusé de cela ! Lui aussi ! Les bonnes familles de Saint-Meslin produisent d'extraordinaires rejetons ! Et qu'en sais-je, moi ?

— Vous savez ce que contenait l'enveloppe de laine blanche projetée dans la rivière.....

— On dirait que vous le savez aussi ! Racontez-le vous-même au juge d'instruction ! Je n'aime pas à perdre mon temps avec la justice !

Claude se contenait, sentait qu'il fallait tout sacrifier au salut de Marcel, et tandis que le regard de Pascal fouillait tous les coins obscurs pour y découvrir son compagnon, elle reprit, insistant :

— Faites votre déposition, contez avec tous les détails les plus précis le fait étrange dont vous avez été témoin..... Vous ne serez pas inquiété.

Ces derniers mots brûlèrent ses lèvres loyales.....

— Je ne serai pas si indiscret que cela..... Non et non !

Il eut un mouvement de recul. Claude vit qu'il allait lui échapper, et ne ménageant plus rien, le désespoir triplant ses forces, elle le saisit aux poignets.

— Ah ! ça, vous m'ennuyez à la fin, rugit le bandit. A l'aide, camarade ! C'est qu'elle tient rude, la mâtine, mais je m'en débarrasserai.

La voix de Claude domina ce hurlement.

— Je vous livrerai à la justice.....

Puis, dans un dernier sursaut, crispant ses doigts sur les doigts qui déjà glissaient entre les siens, elle jeta comme un appel suprême le nom d'Albert Max.....

Ce cri fut si perçant, si pénétrant, que le jeune homme l'entendit dans son premier sommeil. Sans avoir l'exacte perception des faits, il se vêtit en hâte, et, saisissant son revolver d'ordonnance, se précipita au dehors.....

Lorsqu'il eut franchi le couloir, il aperçut Claude à demi terrassée, mais luttant encore contre un homme qui la maintenait d'une main et cherchait à l'étrangler de l'autre.....

Le complice avait disparu.....

Le revolver était déchargé ; d'ailleurs, Max n'eût pu s'en servir qu'en risquant d'atteindre celle qu'il voulait secourir. Saisissant l'arme par le canon, il s'élança vers l'agresseur et lui asséna sur l'épaule un coup si violent que le bandit lâcha prise et roula sur le sol.

— Saisissez-le, c'est Pascal, clama en se redressant Mlle Terron.

Dans une course rapide, elle descendit les degrés et alla frapper à la demeure des gardiens.

Deux minutes plus tard, l'un d'eux venait aider le docteur à emporter le blessé, tandis qu'un autre, faisant tourner sur ses gonds la lourde porte, courait prévenir la gendarmerie.

XV

Les assises allaient s'ouvrir..... Pascal avait été conduit à la prison de Limoges par le même train qui ramenait Claude Terron, Agnès et Albert Max.....

Accusé et témoin tout ensemble, Pascal avait été très affirmatif dans ses réponses au juge d'instruction et avait narré dans ses détails la noyade du serpent.

Néanmoins, le docteur était inquiet ; la déposition de l'ancien cocher ne serait-elle pas combattue par le ministère public ? Le témoignage d'un homme pris en flagrant délit pouvait-il être accepté comme valable ? Puis, certain regard louche, sournois, haineux, que lui avait lancé Pascal en le croisant dans le corridor du juge d'instruction, lui inspirait d'indéfinissables craintes.

Albert Max n'en laissait rien deviner à sa femme qui, chaque jour, tenait Claude au courant de ce qui se passait.

Mlle Terron en était arrivée au point le plus douloureux de ses longues souffrances morales ; à présent, la surexcitation des recherches anxieuses était tombée, sa tâche était accomplie ; elle demeurait faible, épuisée, avec, devant elle, l'anéantissement de ses humaines espérances.

Marcel serait acquitté, elle n'en doutait pas ; il lui devrait en partie, croyait-elle, sa liberté, puis, après, ce serait fini entre eux..... à jamais..... elle se tiendrait dans la morne obscurité du renoncement..... tandis que lui suivrait sa route et que, peut-être, plus tard, une autre occuperait près de lui la place qu'il lui avait destinée.....

. . . .

Parfois, Claude prenait sa tête dans ses mains, et cette femme si forte, si vaillante, se mettait à sangloter ; ses sanglots étaient sourds, comprimés, terribles, malgré la prière résignée qui, s'élevant de son cœur, montait à ses lèvres, et la force morale ne pouvait plus triompher de la faiblesse physique.

La veille des assises, Claude reçut une dépêche d'Albert Max qui lui demandait d'arriver immédiatement.

Le matin même, il avait eu connaissance des résultats de l'enquête faite dans « la tanière » de Pascal, excavation à ras de terre, à demi fermée par un mur en pierres sèches, et que la terreur inspirée par ses occupants avait défendue contre la curiosité publique.

Le complice de Pascal, témoin de la scène qui s'était passée entre celui-ci, le docteur et Mlle Terron, avait pris la fuite ; les gendarmes trouvèrent donc « la tanière » exactement dans l'état où Pascal l'avait laissée en partant avec son compagnon pour tenter un nouveau coup de main contre le sanctuaire de Rocamadour. Dans un trou, recouvert d'une grosse pierre, on avait mis la main sur un paquet composé de papiers gris, entassés les uns sur les autres et solidement ficelés ; au milieu, une liasse de billets de banque de mille francs était cachetée.

Çà et là, épars, on trouva les débris de rapines récentes, vols en nature, objets et victuailles.

Les victimes de ce pillage attestèrent que jamais aucune somme ne leur avait été dérobée.

D'où provenait cette fortune ? Lorsque Pascal fut interrogé, loin de nier, il s'en déclara nettement possesseur.

— Où avez-vous dérobé ces billets de banque ? demanda le juge d'instruction.

Pascal répondit, ironique :

— Nulle part ! On me les a donnés.....

— Qui vous les a donnés ?

— Une dame.

— Quel est le nom de cette dame ?

— Quant à cela, c'est un secret entre elle et moi !

— Vous le direz.

— Je ne vous le dirai pas ! Une affaire et une autre affaire sont deux affaires différentes !— Vous pouvez me poursuivre parce que je me suis approprié, sans demander l'autorisation des possesseurs, quelques objets, mais vous ne pouvez pas me condamner pour avoir accepté un don gracieusement offert.

Puis regardant le juge d'un air sournois :

— Il ne faut jamais révéler au grand jour les secrets de famille, mon président ! Je vous appelle mon président, parce que l'on est toujours content de monter en grade ; mais je sais bien que vous n'êtes pas plus président que moi !.....

— Que signifie cette attitude ? Il y a au dossier une lettre de M. le D' Terron, qui, après avoir déclaré ne rien avoir à vous reprocher au sujet de la probité, ajoute que vous étiez très taciturne.

— J'ai été taciturne chez le Dr Terron parce que j'avais peur de dire quelque chose qui me fît mettre à la porte..... Tandis que je sais bien que vous, vous ne m'y mettrez pas ! Il y aurait trop de gens attrapés si je bavardais, même avec vous ! Il ne faut jamais embrouiller les affaires des autres par des racontars, surtout quand elles ne sont déjà pas trop claires.

— Pourquoi êtes-vous parti de chez M. Terron ?

— Parce que Mademoiselle m'a renvoyé !

Un trait de lumière passa dans l'esprit du juge.

— N'est-ce pas alors que vous avez dérobé cette somme ?

— Nullement..... Mais enfin, puisque vous tenez à tout savoir, à pénétrer les secrets de famille et que vous m'accusez injustement, je vous dirai la vérité. C'est Mlle Terron elle-même qui m'a fait don de cette somme.

Le juge perdait maintenant tout le fil de cette étrange affaire. Rien n'avait démenti les bruits qui couraient d'un projet de mariage entre Pieyrat et Mlle Terron..... Celle-ci aurait acheté à « prix d'or » le silence du seul témoin à décharge.

Et comment aussi expliquer l'agression de Pascal contre la jeune fille. Une seule explication était possible : il avait voulu tenter un chantage.

Le magistrat se tourna vers le coupable et imposa :

— Rappelez exactement vos souvenirs ; la question que je vais vous poser est de la plus haute importance. Tâchez d'y répondre nettement. Dites-moi la date exacte du jour où Mlle Terron vous a remis cette somme.

Pascal feignit de ne pas se rappeler tout de suite ; il cherchait, la tête à demi renversée, comptant sur ses doigts, murmurant des phrases entrecoupées, puis, tout à coup, avec un regard de méchanceté triomphante :

— J'y suis ! s'écria-t-il, Mlle Terron m'a certainement remis l'argent en question le soir du jour où M. Pieyrat et le bossu ont jeté le paquet à l'eau..... Je suis parti dans la soirée qui a suivi la noyade.

Il ferma à demi les yeux, jouissant de ce coup de théâtre, préparé de longue main, et de l'agitation du magistrat à cette révélation.

Le juge insista.

— Vous allez me déclarer dans quel but e(e somme a été remise entre vos mains par Mlle Terron.

— Quant à cela, non ! s'écria Pascal en levant les yeux au plafond. Je lui ai juré de ne jamais le dire et je lui tiendrai parole ! Je ne parlerai pas, d'ailleurs, c'est assez, je ne me sens pas bien.

Il marmonna entre ses dents :

— Elle n'avait qu'à se tenir tranquille ! L'incident était clos. Pourquoi se mêler de mes affaires ?

Et, suivant intérieurement le fil de sa pensée :

— Ce que c'est que de me flanquer des coups de crosse de revolver ; en voilà un médecin qui s'entend à démolir ses patients..... Mais je suis bien vengé, car tous ces gens-là se tiennent. Il n'en a pas fini avec son beau-frère, ce satané docteur..... Et cette demoiselle qui court après moi pour m'empêcher d'augmenter la forte somme dont son très estimable oncle ne verra jamais un sou, avec ce trésor qui ne sert à personne, sera bien obligée de tout dire au juge, ou devant le tribunal, et de raconter à quel sujet elle a acheté mon silence ! Qu'elle tire son fiancé de la mare stagnante où il se débat en pleine vase ! A mon tour de leur asséner à tous les deux des coups de trique sur la tête ! Je suis pincé ! Oui, mais je les roule tous !

— Vous ne voulez pas parler ? interrogea de nouveau le juge d'instruction. Vous rendez, de mauvaise qu'elle est, votre affaire détestable ! Vous auriez tout avantage à éclairer la justice.

— Je ne suis pas assez vaniteux pour croire cela ! mon président.

— Trève d'échappatoires et de plaisanteries.....

— Je voudrais bien savoir par où je pourrais m'échapper, et ensuite comment vous pouvez croire que j'ai envie de plaisanter quand ma tête est en jeu !

— Vous la risquez par vos dérobades !

— Mon président, je vous ai dit que je n'étais pas bien portant. J'ajoute que je ne répondrai plus un seul mot..... Mes forces m'abandonnent.....

Effectivement, Pascal était très pâle et semblait défaillir. Toute insistance pour aujourd'hui eût été inutile ; le juge d'instruction le fit emmener, et, aussitôt qu'il fut seul, prit sa tête entre ses mains, cherchant à coordonner ses idées.

— La somme versée par Mlle Terron l'a donc été dans un double but, pensait-il ; acheter à volonté ou le silence ou le faux témoignage ? Tout d'abord, elle a fait disparaître cet homme parce qu'il avait tout vu..... Puis elle a reconnu qu'il pouvait constituer, au contraire, un témoin à décharge. L'argent servant à payer le départ immédiat soudoierait le mensonge. Elle et le beau-frère de l'accusé ont donc alors mis tout en œuvre pour retrouver cet extraordinaire serviteur, et l'ont surpris en plein acte de banditisme. La connexité de ces deux affaires embrouille tout..... Enfin, j'ai pu amener ce Pascal au seuil des demi-aveux..... Il est naïf. Et en ne le brusquant pas, j'obtiendrai de lui tous les éclaircissements dont j'aurai besoin. Aux autres, à présent !

. . . .

Un quart d'heure plus tard, Albert Max était appelé dans le cabinet du juge. Le récit que lui fit celui-ci le stupéfia..... Il sentait qu'un coup redoutable était porté à la défense et que, sous les apparences polies, l'attitude du magistrat qu'il avait déjà vu à différentes reprises paraissait favorable à la cause de Marcel ; cependant, avec un semblant de cordialité, tous deux tombèrent d'accord sur ce point : la présence de Mlle Terron était indispensable.

Claude arriva le lendemain à Limoges et se rendit au Palais, où une nouvelle inattendue lui fut aussitôt communiquée.

Pascal avait été pris de fièvre durant la nuit ; les douleurs causées par le coup de crosse du revolver de Max avaient augmenté au point de ne lui permettre de faire aucun mouvement.

Après avoir ainsi exposé la situation, le juge ajouta, s'adressant au jeune médecin :

— Il paraît, docteur, que vous n'avez pas la main légère.....

Albert regarda froidement.

— Veuillez m'excuser, Mademoiselle, reprit le magistrat un

se tournant vers Claude avec une excessive déférence, comme pour mieux faire remarquer l'intention qu'il avait eue d'être désagréable envers son compagnon. J'aurais voulu vous épargner l'entrée dans ce triste lieu;... mais je dois vous confronter avec l'accusé dès aujourd'hui; et, puisqu'il ne peut pas venir dans mon cabinet, force m'est de vous mener à l'infirmerie de la prison.

Claude tressaillit toute... ce mot de la prison évoquait en elle tant de sentiments de désespoir, de révolte et de regrets!

Elle se trouva si faible qu'elle fléchit et dut, en sortant du cabinet du juge, prendre le bras d'Albert Max. Ils se rendirent tous deux ensemble au Champ de foire. Les lèvres comprimées, Claude pénétra sous la voûte...

En s'engageant [illegible] corridor, le docteur lui désigna d'un geste une porte close.

— Elle devina.

Tremblante, elle faillit tomber. Il fallait boire le calice jusqu'à la lie... C'était en renonçant à Marcel qu'elle lui témoignait son estime et sa fidèle affection!

Un instant plus tard, elle se trouvait en face de Pascal qui la regarda railleur et féroce, les yeux brillants [illegible].

Le terrible réalisme de l'affaire s'empara dès lors de l'esprit de Claude.

Le magistrat p[illegible].

— Pascal déclare, dit-il, ne pouvoir m'aider pour qu'une [illegible] qui lui a été remis trente mille francs au moment où il est sorti de chez vous, étant lié par un serment; c'est à vous, Mademoiselle, de l'en délier, à vous de parler...

Claude porta la main à son front, un vertige [illegible] la [illegible] avec une telle force qu'elle perdit, pendant un instant, la conscience de l'endroit où elle se trouvait.

[illegible]

Et [illegible], dit-elle prononça?

[illegible]

[illegible] particulières, j'ai dû chasser un homme dont je [illegible] sais la misère, n'étais-je pas en droit de le mettre au-dessus de toute nécessité ?

— Sans entrer plus avant dans les choses qui vous concernent, Mademoiselle, permettez-moi de vous dire que ceci est étrange, répondit le juge. Vous avez fait don d'une somme réellement exorbitante à ce domestique chassé par vous, il est vrai, mais qui était assez jeune et assez vigoureux pour travailler. Ce don ne peut être qualifié d'indemnité.

Max, les lèvres serrées, écoutait, lui aussi, ne comprenant pas ; de terribles alarmes passaient dans son esprit.

Le juge d'instruction continua :

— Permettez-moi d'aller plus loin, Mademoiselle, et de vous faire observer que Pascal est à la fois témoin et accusé.... Or, par une coïncidence inexplicable, il a reçu la somme énorme que vous convenez lui avoir versée, le soir même du jour où il a vu M. Pieyrat au bord de la Vienne. Or, si j'en crois la rumeur publique, vous aviez tout intérêt à innocenter M. Pieyrat..... Et..... il y a des gens qui font payer cher leur témoignage..... ou leur silence.....

Claude restait debout, inerte, foudroyée, tandis qu'Albert, au comble de l'inquiétude, la regardait, stupéfié..... muet.

Si elle avait acheté le témoignage de Pascal, elle était donc certaine de la culpabilité de Marcel ?

Mlle Terron était poussée dans ses derniers retranchements. Quand elle put enfin réfléchir, elle entrevit la profondeur de l'abîme creusé autour de Marcel, abîme creusé par elle-même... Et tous ses efforts, ses recherches, les risques mortels qu'elle avait courus, tout venait échouer là, misérablement.....

A présent, il lui fallait choisir, ou perdre Marcel ou divulguer le honteux secret de famille qui empoisonnerait les derniers jours de son aïeul. Elle savait ce que deviendrait ce secret livré à la curiosité et à la malignité publiques.....

Elle interrogea sa conscience, écouta l'inspiration de la droiture et de la justice.

Haute, fière, elle se redressa, et, sans hésiter, car elle sentait qu'un seul moment de tergiversation lui ôterait sa force et sa dignité :

— J'ai remis, prononça-t-elle, entre les mains de cet homme trente mille francs, et cela au moment même qu'il a indiqué.....

Elle s'arrêta pour reprendre sa respiration, car elle étouffait. Le geste et la voix saccadés, elle continua :

— Le jour même où, cédant à un mouvement de compassion, M. Picyrat aidait le malheureux bossu à se libérer du supplice qui lui était imposé et épargnait à tous d'inutiles terreurs, Pascal s'est révélé à moi comme le détenteur d'un secret de famille que je devais cacher à mon grand-père pour la paix de ses vieux jours..... J'ai cédé devant un chantage que je m'abstiens de qualifier puisque j'en ai accepté les conséquences matérielles. Une des conditions que j'ai imposées était un éloignement immédiat. Aujourd'hui, je déclare qu'en apprenant que Pascal avait vu de la rive opposée de la Vienne M. Picyrat et le bossu jeter le serpent à l'eau, j'ai tout fait pour le retrouver, parce qu'étant la cause de la disparition d'un témoin à décharge, je devais contribuer à son retour. Je n'ai pas besoin de revenir sur ce qui s'est passé à Rocamadour. Je certifie seulement que cet homme n'a pas menti en affirmant que les trente mille francs dont il était possesseur lui avaient été remis par moi.....

Un sourire méchant passa sur les lèvres de Pascal.

— Vous défendez ma véracité, Mademoiselle ! dit-il, mais ce n'est pas désintéressé de votre part ! Que diriez-vous, si à présent je déclarais, comme les deux jardiniers de la rive droite, que j'ai vu jeter à l'eau..., une forme humaine ?

— Je dirais, reprit Claude avec mépris, que vous êtes le dernier des misérables !

— Pourquoi insulter un pauvre être malade et fiévreux, incapable de se défendre ? gouailla nerveusement Pascal.

— Venez, Claude, dit Albert Max, l'avis de M. le juge d'instruction est certes que vous ne devez pas rester plus longtemps ici.....

Le magistrat s'inclina, en acquiesçant.

— Cette scène, prononça-t-il avec un peu de raideur dans la voix, se prolonge d'une manière pénible ; d'ailleurs, je n'ai rien de plus à attendre de cette confrontation et je comprends la hâte que doit avoir Mlle Terron de sortir d'ici.

XVI

Lorsque le Dʳ Max et Claude se trouvèrent sur la place, le jeune homme murmura :

— Quel est donc le secret qui peut exister entre vous et ce misérable ? j'en recevrai la confidence avec la ferme promesse de ne le jamais trahir, mais il y a un danger pour vous à le partager avec ce personnage ! Vous en avez la preuve, et je pourrais dire même la preuve mortelle !

— Ce secret, mon ami, je lutterai jusqu'au bout pour le garder ; de quel droit puis-je réclamer le silence de cet homme si moi-même je parle ? Tout ce que je puis vous dire, c'est que c'est Pascal qui me l'a révélé et que je l'ai fait taire à prix d'or. Mais, si j'ai voulu ce mutisme, c'est pour laisser mon grand-père vivre en repos, sinon en joie, jusqu'à ses derniers moments, et que, en raison de ce secret, je ne serai jamais la femme de Marcel.

Max s'arrêta net, cloué au sol par une nouvelle stupéfaction.

— Ah ! Claude, que dites-vous ! C'est impossible ! impossible !.....

D'un geste, Mlle Terron lui fit comprendre qu'ils ne pouvaient rester là sans risquer d'attirer l'attention.

— Allons chez vous, prononça-t-elle, nous pourrons y causer en liberté. Il faut que je parle à votre femme.

Ils marchèrent sans articuler un mot.

Albert sentait qu'il ne pourrait se contenir et que sa voix porterait trop haut et trop loin.

Tous deux arrivèrent enfin près d'Agnès qui les attendait, anxieuse.

En quelques mots, Albert la mit au courant de ce qui venait de se passer dans la prison et de la détermination de Claude.

Agnès l'entoura de ses bras.

— Je ne veux pas vous arracher ce secret que vous tenez tant à voiler, dit-elle ; mais, ayez pitié de Marcel !

— C'est parce que je place Marcel si haut dans mon estime que je ne veux pas devenir sa femme ! prononça Claude très sombre.

— Claude ! Claude ! s'écria Agnès ; Marcel nous a parlé de l'entretien qu'il avait eu avec vous au Mas Rignac et de la générosité avec laquelle vous lui aviez reproché la délicatesse trop ombrageuse qui l'avait empêché de venir à vous à l'heure à laquelle les obstacles se dressaient encore entre lui et la fortune. N'allez-vous pas, vous aussi, entrer dans la même voie ?

Claude, pour toute réponse, embrassa Agnès qui reprit :

— Vous ne dites rien ! laissez-nous l'espoir, non, mieux que l'espoir, la *certitude* que vous vous confierez à Marcel.

Mlle Terron secoua la tête.

— Même confié à lui, affirma-t-elle, ce secret ne serait plus le mien.

Une rougeur très vive empourpra les joues de la sœur de Picyrat.

— Vous préférez partager ce secret avec un misérable qui a voulu vous tuer ! s'écria-t-elle en proie à une inexprimable exaspération.

— Agnès ! imposa son mari.

— Oh ! pardon, pardon, Claude, je vous en prie ! implora la jeune femme. C'est pour mon frère que je souffre ! Oh ! ne prononcez pas un mot pour votre défense ! C'est moi, moi seule qui dois me défendre, car c'est moi qui vous ai injustement attaquée ! Mais Claude, laissez-vous persuader ! Laissez-nous espérer !

Et, tout à coup, ayant recours à l'argument suprême :

— Marcel croira que vous ne voulez plus de lui, parce qu'il a subi cet horrible emprisonnement !

— Il ne le croira pas ! s'écria Claude impétueuse, il sait que rien ne peut ébranler ma foi en son honneur et en sa loyauté ! Il se résignera, comme moi je me résignerai, mais jamais, jamais, entendez-le bien, tous deux, vous que j'aurais tant voulu appeler mon frère et ma sœur, je ne consentirai à le placer entre ses sentiments pour moi et son devoir envers les siens et envers lui-même ! A présent, mes bons, mes chers amis, épargnez-moi !..... Ne vous dressez pas entre Marcel et moi ! Je lui écrirai, je ne le reverrai pas quand l'heure de la délivrance aura sonné pour lui, je n'assombrirai pas sa joie par la déception....., Vous attendrez avant de lui remettre ma lettre, vous ne troublerez pas votre première minute de réunion par mon souvenir, puis, ensuite, vous lui répéterez que rien ne changera ma résolution et que je le supplie de me donner un grand témoignage d'estime et d'affection ; je vous charge de lui demander ceci : qu'il ne doute pas plus de moi que je ne doute de lui, et qu'il ne cherche pas à me revoir !

Agnès se jeta dans les bras de Claude en sanglotant.

— Apprendre ces choses cruelles à mon frère ! Oh ! c'est trop dur ! Claude, avez-vous assez songé que Dieu vous créa l'un pour l'autre, Marcel et vous !

Claude baissa la tête :

— Oui, dit-elle, je le sais si bien que je l'ai attendu pendant tant d'années ! Mais nous trouverons une consolation plus tard, quand ces heures sombres seront loin, très loin, dans le passé ; l'amitié chrétienne acquise et purifiée dans le sacrifice nous restera !

Et, d'un pas ferme, Claude se dirigea vers la porte.

— Nous allons vous reconduire à la gare, dit Max vivement.

Elle l'arrêta d'un geste.

— Non, prononça-t-elle avec résolution. C'est ici que nous devons nous séparer. Au revoir !

.   .   .   .

— Je ne puis croire que tout soit fini entre eux ! s'écria la sœur de Marcel à travers ses larmes..... Ils sortiront plus grands de cette épreuve ! Mais ils en sortiront unis pour toujours !

<h2 style="text-align:center">XVII</h2>

Si les fins limiers de la police lancés à la recherche de Flaccaud ne s'étaient pas attachés à l'idée que la première pensée d'un banqueroutier est de passer la frontière, ils auraient exploré peut-être avec plus d'attention certaine petite ville du Nord-Est..... Depuis longtemps, Marcel Pieyrat et l'infortuné Ragel auraient été mis en liberté ; et c'en eût été fini des absurdes propos d'une partie des habitants de Saint-Meslin, soigneusement travaillés par le sorcier, qui, ne se souciant pas de se mettre en avant, suggérait sans cesse de nouvelles preuves, de plus en plus indiscutables, de la culpabilité de l'avocat.

Flaccaud finissait par trouver l'existence qu'il menait lamentable. Habitué, grâce à sa fortune et à une grande intelligence des affaires, à primer au milieu de ses concitoyens, il était pris entre le désir de se refaire une situation et la crainte de trahir son identité.

Il connaissait mieux que personne l'étendue de ses malversations, le nombre de ses dupes, les faux entassés depuis des années, les pressions exercées, l'usure de ses prêts, adroitement dissimulée ; il n'ignorait pas le châtiment qui l'attendait.

Son arrivée ayant passé à peu près inaperçue n'avait soulevé nul commentaire redoutable. Il risquait fort d'être remarqué dans une bourgade, et dans une grande ville la police serait plus vigilante, mieux organisée que dans le pauvre chef-lieu de canton dans lequel il s'était réfugié.

Sa fuite s'était opérée sans difficulté ; tant d'heures s'étaient écoulées sans que l'on songeât à le poursuivre.

Il lui avait suffi de grimper le talus opposé à la gare, d'escalader la barrière, de monter à contre-voie dans un wagon de première classe et de descendre également à contre-voie à la dernière station précédant Limoges, puis de couper au court à travers la campagne et de prendre un billet de troisième dans une petite gare située sur la ligne de Paris. Il avait procédé ainsi, tirant parti des bifurcations, ne faisant que de courts trajets et changeant toujours de classe.

Ses ressources, à présent, s'épuisaient, et Flaccaud regrettait de n'avoir pas tout de suite franchi la frontière avant qu'il fût possible de l'inquiéter ; il aurait pu gagner sa vie, pensait-il, en donnant des leçons de français ou en s'employant dans quelque maison de commerce où il aurait pu perfectionner le peu qu'il savait d'allemand et d'anglais ; il était trop tard, on l'avait certainement signalé. Maintenant, il avait quitté un logement modeste, mais assez confortable, pour s'installer dans une auberge, rendez-vous habituel des forains et autres nomades ayant quelque argent dans leur poche.

Tout d'abord, le banquier s'alarma. Il allait évidemment détonner dans ce milieu interlope, et on le remarquerait. Par prudence, il prit rapidement le ton et les manières de son nouvel entourage, et l'étonnement causé par sa présence ne fut pas de longue durée.

Deux personnages, bientôt, apportèrent un peu de diversité dans sa vie et lui firent oublier, par instants, les visions brèves dans lesquelles passaient devant ses yeux les commissaires, les agents de police, la gendarmerie, la prison et parfois aussi ses victimes......

L'un remuant, agité, les cheveux roux, la barbe rare, dirigeait une troupe foraine qui interprétait des mélodrames rapetissés à sa taille, l'autre, son acolyte, grand brun, posant pour l'homme tragique, et qui n'était autre qu'Akantaros, avaient tout de suite cherché à entrer en conversation avec l'ancien banquier ; tous deux étaient des dévoyés ; ils avaient reçu, jadis, une instruction tronquée, et leur conversation bizarre, dans laquelle l'argot voisinait avec les citations, amusa le banquier, et leurs avances finirent par avoir raison des défiances de Flaccaud, qui devint, faute de mieux et pour s'étourdir, un spectateur assidu de la troupe Gallut, tel était le nom de l'impresario aux cheveux roux qui était en même temps le protagoniste et le metteur en scène.

Gallut, malgré les représentations variées qu'il donnait chaque soir, s'aperçut que les recettes baissaient : évidemment la population était blasée, le départ fut résolu ; il espérait mieux ailleurs.

La veille au soir, il pria Flaccaud de dîner avec lui et son camarade. Celui-ci, arrivé le premier, était plongé dans la lecture d'un journal qui semblait l'intéresser au plus haut point. Gallut, par manière de plaisanterie, passa derrière lui, et le lui enleva brusquement. L'autre bondit de sa chaise et voulut ressaisir la feuille, mais déjà Gallut lisait d'une voix retentissante :

Cour d'assises de la Haute-Vienne.

Flaccaud, instinctivement, tressaillit.

— Eh bien ! reprit l'impresario, c'est cela qui t'absorbait au

point de ne pas m'entendre venir ? Tu as été assez surpris !.....
Voyons un peu cette histoire.

Il lut à haute voix tout le récit de l'affaire Pieyrat, l'accusation, les preuves, les témoignages, puis l'arrestation de Pascal et ses causes, joints au compte rendu en raison de leur connexité.

Flaccaud, livide, avait tourné sa chaise de façon à ce que nul ne pût voir l'expression de son visage. Il ne pouvait revenir de sa première surprise.

— Mauvaise affaire ! prononça Gallut, qui jadis avait fait quelques études de droit ; mais, d'après ce que l'on dit du passé de ce Marcel Pieyrat, il est impossible qu'il ait tué le banquier. Le banquier a filé et on le retrouvera comme on retrouve tous ses congénères qui ne se sont pas tués ! Seulement, il y a des coïncidences accablantes pour les accusés.

— Si jamais je me serais douté que le nom de Ragel serait inscrit dans un journal ! murmurait Akantaros. Tout cela se relie-t-il ? Le serpent disparu, le bossu ayant filé ! Celui-ci emportant celui-là..... Je ne vois plus bien clair dans ces histoires ; ce qu'il y a de sûr, c'est que M. Pieyrat a vu Ragel, sans cela il ne m'eût pas envoyé cinq cents francs pour avoir Funny ! Et si ces imbéciles n'avaient pas détérioré le pauvre chien, j'aurais reçu le double ! Quand on est un si honnête homme, on n'assassine pas son prochain. Si j'y pouvais quelque chose ! C'est ce Flaccaud, surtout, qui devrait se montrer ! Cela couperait court à tout ! A cause de lui, deux hommes innocents peuvent monter sur l'échafaud ou être condamnés aux galères !

Le banquier tressaillit.

Il n'y a pas d'être complètement pervers ; dans les natures les plus rebelles aux sentiments élevés, la voix de la conscience résonne à travers les brumes, et parfois elle est écoutée.

Une angoisse étreignit Flaccaud, et cette fois, ce ne fut pas la terreur du gendarme, mais l'horreur d'être la cause de la mort de deux hommes !

Il se redressa tout chancelant.

— Je suis malade, déclara-t-il, je suis fâché de ne pas me joindre à vous.

— Qu'avez-vous donc ? interrogea Gallut, vous êtes blême !

— Je ne sais ! Une sorte de vertige ! J'y suis sujet !

Flaccaud remonta dans sa chambre et s'étendit sur son lit.

— Qui aurait pu croire, pensait-il, qu'en disparaissant pour me soustraire aux poursuites judiciaires, je faisais courir de pareils risques à un homme tel que Pieyrat ? Certes, je le haïssais, car je savais que c'était pour attendre qu'il la demandât en mariage que Claude avait refusé deux fois de m'épouser, et, d'un jour à l'autre, nous pouvions nous dresser face à face en adversaires politiques ! Mais de là à porter la main sur moi, ou moi sur lui !..... Que pense de tout cela Claude Terron ? Si pourtant elle croyait Marcel coupable ?

Et tout à coup, grinçant des dents, la haineuse amertume remontant à la surface, il murmura :

— Je serais bien vengé !

Il enfonça entre ses épaules carrées sa tête épaisse, grinçant des dents ; l'accès de rage prit fin dans ce paroxysme.

— Si je venais prendre sa place sur le banc des accusés ? Les cabotins l'insinuaient ! Quel triomphe pour Marcel ! Eh bien ! non ! je ne suis pas assez vertueux pour me sacrifier ainsi ! Si j'étais resté à Saint-Meslin, cherchant à remonter la maison, au lieu de perdre la tête et de m'enfuir, ma situation eût été préférable mille fois à celle dans laquelle je me trouve..... Ce qui est fait est fait..... Je ne me livrerai pas ; Marcel Pieyrat est avocat, il est bien capable de se défendre lui-même !.....

En ce moment, le son des cloches ébranla l'air ; des coups secs, à intervalles réguliers, lugubres, résonnèrent.

Flaccaud appliqua ses mains sur ses oreilles.....

— Le glas, murmura-t-il..... Cela me donne le frisson ! Et pourtant la vie que je mène ne vaudrait guère un regret ; pourquoi est-ce que j'y tiens tant ? C'est que je ne sais pas trop ce qu'il y a après ?

Qui donc vient de mourir ? un vieillard ? une femme ? un homme de mon âge ? S'il m'en arrivait autant ? Si Dieu existait comme je le croyais lorsque j'étais enfant ? Si Marcel et son pseudo-complice étaient condamnés parce que je n'aurais pas dit à temps : « Je suis vivant ! »

Si je disparaissais subitement de ce monde, et que l'on m'enterrât sans connaître mon identité (et j'ai bien pris toutes mes précautions pour cela), ne serait-ce pas un crime que j'aurais commis ? Mais, non, après tout, cela n'est pas de ma faute si on accuse ces deux hommes ! Il y a là-dessous une machination dont je ne suis pas responsable et que je ne puis comprendre ! Comment ces histoires absurdes ont-elles pu être crues ?..... Les apparences ? Elles y étaient ! Le zèle exagéré de la police qui veut découvrir un crime sensationnel ? Mais, moi, moi, je n'y suis pour rien.....

Flaccaud, enfiévré, se tournait et se retournait sur son matelas. Enfin, se redressant, il s'écria :

— J'ai trouvé ! J'écrirai ; puis je filerai ailleurs ! Mon écriture est connue là-bas ! On ne récusera pas mon témoignage, mais c'est tout ce que je me sens capable de faire..... Et il me semble que cela apaisera un peu l'orage que je sens gronder en moi..... le remords, peut-être.

XVIII

Les deux premiers jours des assises furent pris par une horrible affaire : le meurtre de trois enfants confiés à une de leurs parentes.

La coupable prétendait avoir pour complice un personnage très connu dans la ville qui avait un intérêt particulier à supprimer les trois innocentes créatures. Fable ou vérité, cette version trouva des croyants ; elle flattait ce sens imaginatif du peuple et pouvait servir les antipathies et les haines.

Les insinuations plus ou moins voilées devenaient, pour certains esprits vulgaires, un jeu malsain.

En réalité, la meurtrière espérait aimanter le jury vers les circonstances atténuantes, et intimider les magistrats en faisant entrevoir d'accablantes révélations propres à causer un scandale inouï. L'effervescence était grande sur le parcours de la prison au tribunal ; la foule, massée sur le Champ de foire, hurlait sur le passage de l'accusée. La condamnation à mort fut accueillie par une recrudescence de cris.

Marcel entendait tout ; ce n'était pas la moindre partie de ses tourments. Il éprouvait une affreuse répulsion à la pensée que son affaire allait être jugée à la suite de celle de l'abominable créature, que leurs noms allaient se suivre dans les colonnes des journaux, se confondre peut-être dans quelques bouches.

Enfin, l'aube se leva, terne, morne, l'aube du jour où Marcel Pieyrat, lui auquel les Athéniens de Limoges ne pouvaient reprocher que d'être appelé le juste, pénétra dans le prétoire au milieu duquel sa voix éloquente n'avait défendu que des causes honnêtes, chargé d'une accusation de meurtre et introduit par deux gendarmes.

On se pressait en silence ; l'assistance semblait accablée sous un intolérable poids.

La première audience n'apprit rien à personne. Ceux qui connaissaient Marcel le retrouvaient là, tel qu'ils l'avaient toujours vu, le visage émacié seulement, pâli par la réclusion.

L'assistance se retira lassée, troublée, perplexe ; les jurés semblaient plus abattus que l'accusé.

A 2 heures, exactement, commença la deuxième audience.

On devait entendre la déposition de Pascal.....

Il apparut laid, hirsute, l'attitude provocante, en jetant du côté où il aperçut Albert Max un coup d'œil de défi. Soudain, un remous se produisit dans la foule, une rumeur passa de proche en proche ; le président des assises venait de recevoir un télégramme !

La hâte fiévreuse de savoir ce qu'il contenait se manifesta avec tant de violence que les gendarmes durent rétablir l'ordre.

La dépêche avait été communiquée au chef du jury ; elle contenait ces mots :

Surseoir au jugement de Marcel Pieyrat. Flaccaud vivant, envoie lettre dont on authentifiera l'écriture.

Une détente générale se produisit, des soupirs de soulagement s'échappaient de toutes les poitrines, tous prenaient leur part de la délivrance espérée ; seuls, quelques sectaires, venus de Saint-Meslin, soi-disant esprits forts qui ne se doutaient pas être les porte-paroles du sorcier du Thaurion, murmuraient, parce qu'ils n'osaient pas le clamer trop haut, leur souhait d'apprendre que la dépêche émanait de quelque sinistre farceur.

L'audience fut suspendue. Le lendemain, une lettre de Flaccaud arrivait, contenant des détails circonstanciés, conçue en termes précis.

Les anciens employés de la banque, les experts en écriture, et Mme Flaccaud que l'on avait appelée aussitôt, furent unanimes à reconnaître l'authenticité de la pièce.

Le jury, après avoir délibéré pour la forme, prononça un verdict d'acquittement, au milieu d'un ouragan d'acclamations enthousiastes.

Pascal rugit de colère en apprenant cette nouvelle. Sa vengeance lui était soustraite ; il avait compté entremêler dans sa déposition un récit circonstancié des causes qui avaient amené Mlle Terron à exiger son départ à prix d'or. L'occasion était manquée ; maintenant, il avait à répondre de sa tentative de meurtre, et sans doute plusieurs mois s'écouleraient avant qu'il fût jugé.

<h2 style="text-align:center">XIX</h2>

Lorsque Marcel se trouva entre sa sœur et son beau-frère, il demanda si Claude n'avait pas songé à venir se joindre à eux, car sans nul doute elle savait que son acquittement allait être prononcé ? Pas une lettre, pas un télégramme, pour suppléer à sa présence ? Rien, rien d'elle ?

— Et vous-mêmes, dit-il, vous semblez atterrés parce que je vous parle d'elle ?

Claude ne voudrait-elle plus de moi ? Elle aurait un instant, un seul instant, douté de mon innocence ? Mais cela ne se peut ?

Le regard que Marcel fixait sur Albert et sur Agnès était si douloureux, si angoissé, que les deux jeunes gens n'eurent pas le courage de lui répéter les paroles que Claude les avait chargés de lui transmettre ; ils gardèrent le silence.

— Elle ne veut plus de moi parce que j'ai subi une peine imméritée, la honte de la prison ! Mais les martyrs et les confesseurs en ont-ils été déshonorés ? insista-t-il.

— Oh ! ne suppose pas cela ! s'écria Agnès.

— Je croyais être si heureux aujourd'hui, prononça Marcel à voix basse.....

Le pressentiment d'un mystère passait en lui.....

— Repose-toi, je t'en prie, supplia sa sœur. Albert télégraphiera au Dr Terron..... Il doit être le premier averti.....

Et, malgré l'inquiétude et l'angoisse qui l'étreignaient, la jeune femme entrevoyait une lueur d'espérance.

XX

L'aïeul de Claude avait ouvert la dépêche un peu avant que sa petite-fille revînt de l'église où elle avait passé une partie de l'angoissante journée en prières.

— Acquitté ! s'écria-t-il joyeusement en la voyant entrer dans sa chambre.

Claude chancela..... L'heure avait sonné où elle serait hors de l'existence de Marcel..... où, après avoir tant vécu de sa pensée, risqué sa vie à l'instant critique d'où, croyait-elle encore, avait dépendu sa liberté, elle devrait passer près de lui comme une étrangère.....

Et cependant, le bonheur qu'elle éprouvait était immense..... Il était, lui, réhabilité aux yeux de tous, tandis qu'elle s'effondrait sous le poids de la faute d'autrui !

Son grand-père la considérait avec une tendresse émue.

— Je suis si heureux ! dit-il en lui tendant les bras ; dans peu d'heures, j'en suis certain, Pieyrat viendra me demander ta main, et le grand désir de toute mon existence sera réalisé !

Claude cacha son visage sur l'épaule du vieillard.

— Ne parlez pas de cela ! murmura-t-elle. Par pitié !

— Et pourquoi donc ?

— Parce que Marcel ne vous demandera jamais ma main.....

— Croirait-il que je m'opposerais à votre union..... parce que.....

Claude lui ferma la bouche.

— Non ! dit-elle..... Mais garde le silence..... Oublie..... Je t'en conjure !....

— Tu pleures ! Tu souffres ! s'écria M. Terron en saisissant la belle tête blonde entre ses deux mains pour plonger son regard dans les yeux humectés de larmes.

— Je pleure, parce que je suis émue.....

— Mais cette dépêche..... signée de son beau-frère ?

— N'y voyez qu'un acte de déférence pour un vieil ami..... pour le patriarche..... et non pour l'aïeul.....

Le docteur garda le silence..... Le rêve heureux de sa vie s'était dissipé..... Et n'osant plus songer à l'avenir..... sa pensée retourna en arrière..... dans l'ombre des souvenirs douloureux.

Toute la nuit, Claude resta étendue sur son lit, éveillée, et se leva avec l'aube..... Elle appréhendait ce qu'allait être cette journée.....

Le naufrage ou le néant ! Le naufrage ! Le néant !

Quelle tentation de désespérance se dressait donc en face de sa foi ! Non ! ni l'un ni l'autre !

Plus que jamais elle utiliserait sa vie, multiplierait ses occupations. Si la femme souffrait du déchirement de son cœur, la chrétienne n'aurait pas le temps de pleurer !

. . . .

Vers 10 heures, un coup de sonnette retentit.....

Claude tressaillit et vint au bas de l'escalier.....

Si c'était Marcel ? Si on allait l'introduire près de M. Terron avant qu'elle eût pu lui parler ?

C'était lui, déjà il pénétrait dans le salon..... La jeune fille ne put réprimer un geste désespéré.....

Elle avait compté sur l'intervention d'Albert et d'Agnès..... Ils n'avaient donc rien dit.

Alors, elle sentit la cruauté de la tâche qu'elle leur avait imposée ! De quel droit pouvait-elle exiger d'Agnès, qui devait tout son bonheur à Marcel, qu'elle-même portât le coup qui briserait le cœur de ce frère tant aimé ?

Claude s'arma de tout son courage et trembla sur le bouton de la porte ; elle l'ouvrit avec effort et entra.

Marcel était devant elle, les mains tendues ; en la voyant ainsi, droite, rigide, il éprouva une impression si violente qu'il recula en murmurant un seul mot :

— Claude !

Elle pâlit, et, s'avançant :

— J'ai eu tort ! prononça-t-elle, d'insister pour que votre sœur et que votre frère se chargeassent de vous parler en mon nom ! Marcel, je n'ai pas voulu assombrir davantage les heures sombres de la prison, éteindre l'espoir de cette vie à deux que nous avions rêvée noble et belle.

— Vous me repoussez ! s'écria Marcel véhément.

— Je ne vous repousse pas, mon ami ! Depuis le jour heureux où nous entrevoyions l'avenir commun de nos destinées, je n'ai pas cessé de penser à vous et de servir votre cause, comme l'on sert une cause juste, une cause sainte.

— Mais alors, pourquoi ? pourquoi ?

Et comme elle se taisait, il s'irrita :

— Me jugez-vous déshonoré ? demanda-t-il.

— Marcel, vous me connaissez trop pour songer que j'aie pu douter de vous ! Je m'écarte de votre route, parce que des circonstances que je vous supplie de me laisser tenir secrètes, que je veux cacher à tous, même à vous, s'opposent à notre union !

— Je *veux*, moi aussi ! s'écria Picyrat, je *veux* savoir ! Vous n'avez pas le droit de reprendre votre parole pour une raison que vous me laissez ignorer !

— Marcel, si vous n'étiez pas l'homme courageux, le juste que je connais, je n'aurais pas agi de même ! J'aurais menti à mon propre cœur en vous disant : je me suis désaffectionnée de vous ! Vous vous seriez retiré froissé, avec des indignations douloureuses..... Au bout de quelque temps, vous m'auriez oubliée..... Mais je vous estime trop haut et je m'estime assez pour ne pas recourir aux subterfuges ! Ne nous abaissons pas, parce que le malheur nous frappe ! Que l'épreuve nous grandisse, et parcourons d'un pas ferme le chemin de la vie, hélas ! chacun d'un côté différent.

— Claude, voilà donc ce que signifiait l'attitude désolée d'Agnès et de son mari ? Mais si quelque danger vous menace, si vous êtes victime de quelque défaillance survenue autour de vous, de quelque calomnie..... Vous tressaillez ? Est-ce la vérité ?

Eh bien, je veillerai sur vous, je serai votre appui, votre recours.

— Marcel, imposa Claude, ne pensez qu'une seule chose, c'est que je vous aime assez pour ne pas vouloir être votre femme ! Abrégeons, je vous en conjure, un instant si douloureux ; ma résolution est irrévocable.

Et, le laissant anéanti, elle se retira, monta l'escalier en fléchissant sur les genoux, gagna sa chambre où elle tomba épuisée.....

— L'avoir tant fait souffrir ! murmura-t-elle.

Les larmes coulèrent enfin, brûlant ses paupières.

— Je veux qu'il soit vaillant ! murmura-t-elle enfin..... Il le sera !

Et se redressant :

— Et moi, je vivrai forte et active, je réparerai la faute d'autrui, et, dans mon célibat désolé, je serai la dernière d'une race d'honnêtes gens !

XXI

La physionomie générale de Saint-Meslin avait singulièrement changé. La ruine avait frappé tant de maisons ! Flaccaud restait introuvable, et les affaires de la banque se débrouillaient avec difficulté et au plus grand dommage des intérêts de chacun. Mme Flaccaud avait quitté le deuil, désintéressé quelques créanciers dont le dénuement était complet, et finalement abandonné le pays où elle ne pouvait plus vivre à sa guise sans provoquer des murmures.

Pascal avait été condamné à dix ans d'emprisonnement.

Dans la crainte d'une aggravation de peine, il avait gardé un silence absolu sur tout ce qui concernait la famille Terron, comptant que, devant cette réserve, Mlle Terron ne réclamerait pas les trente mille francs escroqués.

Claude, en effet, ne les réclama pas ; elle voulait le silence ; mais souvent, à la tombée du jour, aux heures sombres, elle se demandait quel était le sort du malheureux qui, dans sa destinée, avait emporté la sienne.

Elle priait ardemment pour que, jusqu'à sa dernière heure, son aïeul soit épargné et que le fils prodigue se repentît.

La santé du vieillard déclina rapidement malgré les soins assidus de sa petite-fille ; mais l'esprit resta toujours vif, présent, ouvert aux tendres sollicitudes.

Le docteur ne se fit aucune illusion sur son prochain départ pour l'au-delà ; le jour même où il s'entretint avec son confesseur, il appela Claude tout près de lui :

— J'aurais tant aimé, lui dit-il, que des cris joyeux d'enfants aient retenti ce matin encore dans ma vieille demeure et que de petites bouches roses, épanouies d'un sourire, aient prononcé, sans alarme, sans terreur, en toute ignorance de la mort, ces simples paroles : « A Dieu, grand-père ! »

Claude cacha sa tête dans ses mains. Le soir même, l'aïeul s'endormit dans la paix du Seigneur.

. . . .

Marcel Pieyrat s'occupait sans cesse ; les intérêts politiques et sociaux du pays le réclamaient et remplissaient tout le temps que lui laissait l'étude de ses plaidoyers.

Tout d'abord, dans un moment de lassitude découragée, il avait abandonné la surveillance de ses propriétés, mais, peu à peu, il s'était ressaisi.

Les terres étaient des biens de famille dont il devait compte à la génération suivante ; les enfants de sa sœur se substitueraient à sa propre descendance : des ouvriers agricoles vivaient sur ses domaines, il devait songer à eux. A quoi bon faire en public des conférences sur les questions sociales d'ordre universel, s'il négligeait ses devoirs effectifs dans l'ordre particulier ?

Il ne perdait pas de vue Ragel, qui connaissait enfin la douceur de vivre dans une métairie où il s'occupait à divers travaux. Claude lui avait renvoyé le petit Funny, et les effusions entre le pauvre hère et l'animal avaient ému tous ceux qui en avaient été témoins.

La nomination d'Albert Max à Lille, alors qu'il espérait avancer sur place, mit une nouvelle tristesse dans l'existence de Marcel, et une ombre dans le bonheur d'Agnès.

Pieyrat, plus que jamais, dut se multiplier pour gérer les propriétés de son beau-frère et de sa sœur.

Il surveillait tous les travaux des métairies ; parfois, il aidait les travailleurs, surtout lorsque l'un d'eux ne lui paraissait pas assez fort pour accomplir la tâche qui lui avait été dévolue.

Un jour, craignant qu'un jeune ouvrier, à peine rétabli d'une longue maladie, ne fût sérieusement incommodé par l'excessive chaleur de juillet, Marcel voulut le rejoindre sur le faîte du hangar en construction ; ses compagnons étaient déjà partis, l'échelle, peu d'aplomb, chancela. Pieyrat voulut s'accrocher au rebord du toit qu'il venait d'atteindre, mais ses pieds étaient engagés dans le dernier échelon ; il fut entraîné dans la chute de l'échelle et tomba d'une hauteur de vingt pieds sur le sol...... On le releva sans connaissance.

Le médecin, appelé aussitôt, trouva l'état du blessé tellement grave qu'il télégraphia immédiatement à Albert Max d'arriver au plus vite.

Après d'angoissantes heures passées avec Agnès au chevet de Marcel, le jeune médecin nota enfin quelques symptômes d'amélioration.

Agnès reprenait espoir. Son mari ne voulait pas le lui ôter ; mais, à présent, une crainte terrible lui venait..... Des lueurs de raison et d'intelligence se manifestaient dans le regard, tout d'abord atone, la vie cérébrale allait reprendre, mais l'existence physique était anéantie. Ce serait désormais la survie de l'âme dans un corps inerte, et le malheureux allait rester seul, livré aux soins des uns et des autres. Parfois une sourde colère amenait aux lèvres d'Albert Max le nom de Claude Terron..... Pourquoi s'était-elle écartée de celui dont elle devait être la compagne des bons et des mauvais jours ? Il se demandait ce qui se passait dans l'âme de Claude depuis le moment où, sans nul doute, elle avait appris le terrible diagnostic des médecins.

. . . .

Un jour, à l'entrée de la métairie où Pieyrat était resté depuis le terrible accident, Albert s'entretenait avec Agnès au sujet du sombre avenir de Marcel.

Il ne vit pas venir par l'allée latérale la forme svelte de Claude.

Mlle Terron se répétait les termes précis de la lettre que, le matin même, elle avait reçue du Brésil, annonçant que Gustave Terron était mort à l'infirmerie du bagne, dans les bras de l'aumônier qui avait reçu ses suprêmes aveux et s'était chargé d'exprimer aux siens le profond repentir des fautes qu'il avait commises.

Claude avait longuement prié.

L'opprobre était enseveli dans la tombe, le ciel avait pardonné......

Un grand devoir maintenant s'imposait, celui d'apporter aide, secours, protection à l'homme qui jadis les lui avait offerts et ne pouvait plus les lui donner.

* *

Et comme Albert Max achevait ces mots ?

— Qui donc, lorsque nous serons loin de lui, soignera Marcel et veillera sur lui ?

Une voix prononça résolument :

— Sa femme !.....

***

ÉPILOGUE

De longs mois se sont écoulés depuis le jour où Claude Terron, voilée de blanc comme dans les illusionnantes visions de la période douloureuse, s'est agenouillée près de Marcel Pieyrat étendu sur son lit d'infirme, et tenant dans sa main fine, à l'énergique pression, la main inerte et morbide de l'homme foudroyé, a reçu la bénédiction nuptiale qui unissait un semblant d'existence à l'intensité de sa vie !

Un son presque impossible à saisir, un faible oui a passé sur les lèvres décolorées...... Le regard, interprète de la pensée, où se mêlait la douleur à la reconnaissance, semblait demander a la fiancée liliale la raison des refus d'hier, du sacrifice d'aujourd'hui........ La raison des souffrances d'alors et de ce bonheur présent ressenti à travers les impressions embrumées.....

Marcel fut installé à Saint-Meslin dans la patriarcale demeure des Terron et occupa la chambre de l'aïeul, située de plain-pied avec le jardin, entouré de soins vigilants, prodigués par l'incessante tendresse de celle qui était venue réclamer sa place à l'heure de la crise suprême.

La bouche éloquente était close, l'ouïe oblitérée..... Mais bientôt une perpétuelle communication s'établit entre les deux époux.

Claude plaçait devant les yeux de Marcel, soit un livre sur lequel elle souhaitait avoir un avis, soit un papier où de sa large écriture elle avait tracé le sujet de l'entretien qu'elle voulait avoir avec lui..... Et les idées s'échangeaient par l'expression du regard, le vacillement des paupières.....

Et ce fut ainsi que tous deux disposaient de leur fortune, et que la sagesse, la générosité, la prudence de l'un et de l'autre créaient à ce mort vivant une nouvelle existence plus féconde encore que la première, plus efficace, plus utile au bien de tous, l'existence de deux âmes dont les complexités matérielles se trouvaient bannies.....

La maison deux fois séculaire des Pieyrat s'ouvrit pour recueillir des religieuses sans abri, hospitaliser des enfants sans pain, et l'ingéniosité charitable multipliait cette famille nombreuse de déshérités.

Le rendement des principales métairies, surveillé avec une haute intelligence de la culture, déjà mise en œuvre par Marcel, fournissait à Claude le moyen de subvenir à l'entretien d'une fondation placée sous le vocable de Saint-Jean, patron de son père, tombé au champ d'honneur du devoir.

. . . .

Ce fut ainsi que, de jour en jour, Claude et Marcel devinrent, suivant l'expression d'un illustre religieux, les créanciers de la Providence. . . . .

La Providence paye toujours les dettes contractées envers ceux qui s'efforcent de seconder son action.

« Si Dieu faisait tout par miracle, a dit saint Augustin, il ne ferait plus rien par miséricorde. »

Le miracle, d'ailleurs, n'est pas toujours le fait intensif, fulgurant, qui jette les foules à terre, prosternées ; il est parfois la guérison très lente, par voie d'amélioration progressive qui maintient, longtemps encore, la persévérance des supplications, les épreuves de l'attente.

L'inlassable prière qui s'élevait des cœurs de Marcel et de Claude, unis dans la pureté et la résignation, retombait en menues gouttes de rosées sur leur foyer.....

La sollicitude de Claude, son initiative, la science d'Albert Max, dont Pieyrat était le constant souci, recevaient des inspirations soudaines qui venaient de plus haut que les conceptions de leur esprit et de leur intelligence.

Plusieurs fois déjà, entre les lèvres raidies, les sons gutturaux formèrent des syllabes..... Les doigts engourdis frissonnèrent comme si un courant vital passait en eux.

. . . .

Au malade, il fallait l'air vivifiant de la campagne sans nul déplacement, sans aucune fatigue.....

Une partie des bâtiments du Mas Rignac, inutilisés jusqu'alors, avaient été rendus habitables pour un séjour d'été, sans que les réparations enlevassent leur cachet antique, leur aspect vétuste.

Sous le merveilleux ciel limousin des derniers jours de mai, c'était une fête de verdure et de fleurs.....

Des pluies récentes avaient gonflé les ruisselets, barré les prairies de filets d'argent, qui, tout à coup, sur les pentes, cascadaient au milieu des mousses sombres, des herbes claires et des fougères menues !.....

Les marguerites, les myosotis azurés, les silènes roses tout frangés émaillaient les prés..... Majestueuse, sur la rive de la Vienne, l'osmonde royale déroulait ses longues crosses.

Dans la grande avenue de hêtres, Marcel et Claude étaient installés..... C'était là que, pour la première fois, ils s'étaient révélé l'un à l'autre leurs plus secrètes et plus chères pensées, sans trouble, sans surprise, car ils savaient ne rien ignorer du mystère de leurs cœurs ! C'était là aussi qu'avait retenti pour eux la cloche d'alarme, l'avertissement de la disparition de Flaccaud, sonnant le glas de la paix heureuse qui venait de se transformer en inexprimable bonheur..... et qui aussitôt allait s'évanouir.....

Etendu sur un siège roulant surmonté d'une sorte de pupitre, Pieyrat lisait..... Depuis une semaine, ses doigts tremblants parvenaient à tourner les pages..... Assise près de son mari, Claude, bien souvent, suspendait son travail d'aiguille pour suivre avec lui quelque passage que la pauvre main amaigrie lui désignait, et, tout haut, elle le commentait, rendant, avec la sienne, l'impression ressentie par l'être si cher auquel elle refaisait une seconde existence d'homme de bien, de catholique militant dans l'immobilité de sa matérielle inertie.

L'harmonie de sa voix se détachait sur le gazouillement des oiseaux et le susurrement des petites sources striant le gazon ras de la châtaigneraie.

Ni Marcel ni Claude ne perçurent le bruit sourd de pas feutrés qui se rapprochaient, et, quand ils relevèrent leurs têtes penchées, ils virent à trois mètres d'eux un homme qui les considérait, un homme de taille moyenne, aux épaules ployées, à la poitrine rentrée comme si un habituel embonpoint eût tout à coup fait défaut ; un même signe physiologique était marqué par les creux profonds d'un visage aux traits épais, entouré d'une barbe d'un gris jaunâtre et terne.....

Les vêtements élimés dénotaient une origine de luxueuse inélégance.

Appuyé sur sa canne, un modeste bâton recourbé, l'étranger semblait prêt à ouvrir la bouche, mais on eût dit qu'une force contre laquelle défaillait la volonté tenait cette bouche close.....

Le regard de Marcel était rivé sur le regard de cet homme ; Claude, avec une angoisse inexpliquée, demanda :

— Que voulez-vous, Monsieur ?

L'inconnu s'avança, puis s'arrêta à deux pas..... Ses lèvres hachaient les mots, la voix était blanche, impersonnelle.

— J'ai voulu..... oui..... j'ai voulu....., venir.

Etait-ce un fou ? un halluciné ?

Un effroi s'empara de Claude ; elle était trop loin de l'habitation, trop loin des champs dans lesquels travaillaient les ouvriers agricoles, pour qu'un appel pût être entendu.

Aucune menace ne passait dans les yeux de l'étranger...... Néanmoins, ils évoquaient pour elle l'impression d'un danger..... plus qu'un danger redouté..... un danger réalisé.....

Peu à peu, sur ce visage que, tout à l'heure, elle avait cru voir pour la première fois, Claude trouvait la réminiscence d'un autre visage ; mais les yeux arrogants dont elle se souvenait étaient-ils les mêmes que ces yeux voilés et tristes ; la bouche dure, ironique, avait-elle pu s'affaisser ainsi aux commissures, en un pli de souffrance, comme si elle eût été prête à la supplication.

Non..... elle ne se trompait pas..... L'homme qui avait été l'instrument destructeur de sa vie et de celle de Marcel était debout devant eux..... Mais si *autre !*

Et cet autre homme songeait :

— C'est là cet énergique, ce conquérant de sympathies, cet être de volonté raisonnée qui accomplissait tant de choses, et que, pour cela, je jalousais au point de le détester. C'est là cette femme, restée si jeune et si belle au seuil même de la maturité..... Je suis la cause de cette apparence de vieillesse prématurée..... de cet effondrement !.....

C'étaient ses actes de folie ambitieuse, sa passion pour les gains hasardeux, l'indélicatesse de ses agissements, sa brutale confusion de son argent avec l'or des autres, la lâcheté de sa fuite en face des ruines qu'il avait amoncelées et du châtiment qu'il avait mérité, qui avaient été les premiers faiseurs de la catastrophe dans laquelle avaient sombré ces deux existences......

Devant Marcel Pieyrat qu'il avait haï comme un adversaire et comme un rival, Flaccaud, harcelé par le remords, venait se présenter comme un pénitent devant un confesseur.

Son nom, murmuré par Claude, le fit tressaillir comme un appel devant la justice.

— Vous m'avez reconnu, dit-il la voix très basse, malgré que j'aie transformé ma figure.

Il découvrit son front devenu chauve.

— J'ai erré à travers Saint-Meslin sans que nul s'en doutât. J'ai appris que ma femme avait quitté la maison...... que l'on me honnissait..... et qu'un malheur nouveau vous était advenu depuis que je croyais avoir satisfait ma conscience..... J'ai senti que l'étendue de mes fautes dépassait cette heure de repentir inachevé...... Je suis venu ici, devant vous, pour prononcer un mot qui coûte tant à mon orgueil, que je ne sais si je pourrais faire davantage pour apaiser mes remords..... Pardon !

Claude, cette femme si forte et si compatissante, d'action si virile, se taisait..... Mais une voix s'éleva, une voix plus jamais entendue depuis de longs jours, mâle et précise :

— Oui, pardon !

Un cri s'échappa de la poitrine de Claude, d'une telle intensité de joie, qu'il donna la mesure de l'inexprimée douleur passée et de la reconnaissance infinie, pour le divin bienfait accordé au pardon suprême de l'âme de miséricorde !

Le jour était venu auquel le Seigneur allait ordonner à son fidèle de se lever dans le triomphe de la résurrection, et ce jour était venu dans la charité du Christ.....

FIN

POUR PARAITRE LE 1er AOUT 1913

LE SOMMEIL QUI TUE

par JACQUES DESVORGES

Dans la petite ville de Givry-sur-Meuse, la municipalité blo-
carde et sectaire, à la suite d'une lutte électorale ardente, a été
balayée. Mais le succès coûte cher au parti libéral, qui voit
quatre des siens périr coup sur coup de la même façon mystérieuse : pris d'un sommeil invincible, ils s'endorment pour
ne plus se réveiller. La justice enquête ; un policier, victime de
son zèle, est atteint de la terrible maladie ; mais il a le temps
de révéler un détail qui donne la clé du mystère. Entre temps,
trois autres victimes succombent encore à ce « sommeil qui
tue ». Heureusement, on finit par découvrir le meurtrier : c'est
un anticlérical du crû, franc-maçon avéré, qui trouve dans ses
propres combinaisons le châtiment de ses crimes.

Ce roman est d'un intérêt palpitant jusqu'à la dernière ligne ;
c'est la chasse à la vérité, dans le mystère. Mais le travail de
M. Jacques Desvorges est aussi une œuvre de bonne guerre.
Nos adversaires mettent trop souvent en scène des méfaits
qu'ils voudraient nous attribuer pour ne pas leur répondre en
révélant et en popularisant les crimes maçonniques, et le
meurtrier que l'auteur nous présente n'est pas un vulgaire
assassin ; c'est un professeur de chimie, un franc-maçon de
marque, une de ces sombres mentalités que le sectarisme a
faussées jusqu'à l'inconscience, et pour lesquelles le crime lui-
même n'est qu'un moyen comme un autre quand il est habile-
ment employé. Or, la franc-maçonnerie, c'est l'ennemi : ennemi
de la patrie, ennemi de l'ordre, ennemi de la religion, ennemi
de tout et semeur d'anarchie ; connaître ses hypocrites et cri-
minels agissements c'est être mieux armé pour éviter ses pièges,
quand on ne réussit pas à l'y faire prendre lui-même.

44.5. — Imp. P. Féron-Vrau, 3 et 5, rue Bayard, Paris-VIII.

Imp. Paul Feron-Vrau
3 et 5, rue Bayard
PARIS